文春文庫

切り絵図屋清七

飛び梅

藤原緋沙子

文藝春秋

目次

切り絵図屋清七

飛び梅

この作品は「文春文庫」のために書き下ろされたものです

第一話　雨晴れて

一

神田旅籠町《はたごちょう》の古本屋で商談を終えた清七《せいしち》が、店を後にした時五ツ半にはなっていた。

古本屋から紀の字屋で作っている切り絵図を置きたいとの依頼があったのだ。話はすぐにまとまった。ところが、主《あるじ》がなかなかの出板通《しゅっぱんつう》で、御府内で出板されるさまざまな本や絵双紙のことまで話題が及ぶものだから、とうとうこんな刻限になってしまったのだ。

主は、いずれ自分も本の出板に関わってみたいと考えているようだった。

「うちもね、馬琴《ばきん》の『南総里見八犬伝』のような、読み応えのあるものを出したいと思ってるんです。古本屋は、どんな本が一番人気があるのか分かってますからね」

古本屋の主の声には熱が籠もっていた。

清七にも気持ちは良く分かる。古本屋であれ貸本屋であれ、また紀の字屋のような絵双紙屋であれ、行く末は出板も手がける歴とした本屋になりたいと願うものだ。

そういう意味では、紀の字屋の切り絵図出板は、その反響が大きいだけに、古本屋の主のような人には、瞠目に値する出来事だったようだ。

黒目をせわしなく動かしながら、唾を飛ばして話す主には閉口したが、出板に対する主の並々ならぬ意欲には、清七も心を動かされた。

——あの気持ちが大切なのだ。

清七は心の中で頷きながら大通りに出た。

切り絵図を始めてからもう一年と半年が過ぎている。

日を追うごとに仕事は増え、朝早くから奔走する毎日だが、体の疲れは感じても、気持ちは一層充実していた。

心地よい疲労を感じながら、清七は昌平橋《しょうへいばし》に向かった。

新年を迎えて半月、まだ御府内には正月気分が残っているようだが、この時刻になるとめっきり人通りは絶える。

清七は、少し足を速めた。足下の明るさに気付いて空をふと見上げた。静寂な夜の空から、月は玲瓏《れいろう》な光を落としていた。

急に寒さに襲われたような気がした。

古本屋の主に移された熱気も醒める頃合いで、襟元や袖口から忍び込む風が冷たく感じられる。

清七は思い出して、袂《たもと》から薄い絹の襟巻きを取り出して首に巻き付けた。

おゆりが持たせてくれたものだ。

襟巻きは清七にだけ渡してくれた訳ではない。小平次《こへいじ》にも、与一郎《よいちろう》にも渡してくれている。

しかし清七の思いは、まるで自分だけが貰ったような、そんな気がして、おゆりの人肌のぬくもりさえ感じられる。

清七の胸の中で、おゆりの存在が大きくなっていた。

おゆりが藤兵衛《とうべえ》の妻でも妾でも無かったことを知った時から、清七にとっておゆりは男としての血を掻き立たせる息苦しいほどの人になっている。

——それも、あの時からだ……。

と清七は、襟巻きに首を埋めながら思い出している。

そう、それは、おゆりに金の無心をするかつての婚約者伊沢初之助《いさわはつのすけ》からおゆりを守るために出向いた秋葉権現の境内で、おゆりを堅く抱き留めたあの時からだ。

柔らかだったおゆりの体、胸元から立ち上ってきたおゆりの肌の匂い、そして鼻をくすぐった髪油や化粧の香り、おゆりの体の芯から受けとった心の臓の鼓動、それらは全て強烈な女の印として、若い清七の胸を鷲づかみにしたのだった。あの一瞬は、清七にとって忘れられない出来事だったのだ。

以後、おゆりにも与一郎や小平次にも、心の変化を悟られないように平静を装ってきた清七だったのだ。

——何を考えている。

我にかえって苦笑した。だが次の瞬間、視線を昌平橋の上に移した清七は異様な光景を認めた。

頭巾を被った武家と警護の供侍二人が橋の上をこっちに向かって駆けて来るのだ。しかも供侍二人は抜刀しているではないか。

清七は立ち止まって目を凝らした。

すると、三人が橋を渡りきるかと思われた寸前だった。

なんと、三人の背後から黒覆面の武士二人が追いかけて来て、三人に襲いかかったのだ。

供侍二人は主を庇《かば》って迎え撃った。

寂々とした橋の袂に、不気味な金属の撃ち合う音が響いた。

次の瞬間、供侍の一人が肩を斬られた。供侍は握っていた刀を落として蹲《うずくま》った。

――いかんな。

清七は弾かれたように走っていた。

肩を斬られた侍の側に走り寄ると、落とした刀を拾い上げ、撃ち込んできた覆面の侍の刀をすばやく跳ね上げていた。

「何やつ、町人ではないか……怪我をするぞ！」

別の覆面の男が、くぐもった声で威嚇した。

たったいま清七に撃ち込んできた覆面の目は、凶暴の色を放って刀を構え直している。

それに合わせて、威嚇した男も抜き放った刀の切っ先を清七に向けた。

「それはこっちでいう台詞《せりふ》だ。顔を隠して襲撃するとは卑怯者のやることだ。非があるのは自分だと言っているようなものだな……違うかな」

清七は正眼に構えて立った。

「なんだこの男……」

清七の構えと物言いに、ただの町人者ではないとかぎとったらしい。一瞬ためらいをみせたが、すぐにそのためらいを振り切るように一人が斬りかかって来た。

清七は、その刀を真正面から受けた。力いっぱい押し返しながら、背後の三人に視線を遣った。三人は三間ほど離れたところで、おろおろしながらこっちを窺っている。それを確かめてから、清七は相手をじりじりと追いつめた。

すると、もう一人の覆面が間髪入れず飛び込んで来た。清七は撃ち込んできたその刀を右足を引いて躱《かわ》した。男の剣は空を斬った。力余って清七の脇を突き抜けるその男の腕に、清七は刀を振り下ろした。

「うっ」

男は右腕の上腕を押さえて振り返った。血走った目が、ぎらぎらと光っている。

「チッ、退却だ」

もう一人の覆面の男が言った。

二人は無念の視線を清七に投げると、橋の南側に去って消えた。

「助かりました。危ないところでした」

供侍二人が走り寄って来て頭を下げた。

「又之助……それに、吾一じゃないか……」

顔を上げた二人を見て、清七は驚いた。

二人は長谷《はせ》家の家士で、小坂又之助《こさかまたのすけ》と笹木吾一《ささきごいち》という若党だったからだ。清七が長谷家で暮らしていた時には、毎日顔を合わせていた連中だったのだ。

「お久しぶりです、清七郎さん」

又之助は傷ついた腕を押さえて懐かしそうに言った。

「怪我を負ったな、見せてみろ」

清七が覗きこむのに、

「いえ、ほんのかすり傷です」

又之助は笑って、

「まさか清七郎さんに助けてもらうとは……」

又之助はほっと息をついてから、

「殿様です」

と後ろを振り返った。

頭巾の武家は、父の長谷半左衛門《はんざえもん》だったのだ。

まさか、こんな所で父親に出会うとは……しかも命を狙われているその現場に行き会うとは……そう思った瞬間、清七は父の身辺にまつわる不吉な空気に胸が騒いだ。

長谷半左衛門は、清七にとっては、たった一人の肉親である。

「お久しぶりでございます」

清七は凝《じ》っと立ちつくす頭巾の武家に歩み寄って頭を下げた。

「お前のお陰で助かったな、清七郎」

懐かしい半左衛門の声が、頭巾の奥から聞こえて来た。

「恐れ入ります」

清七は顔を上げて半左衛門を見た。たまたま自分がここを通りかからなかったらどうなっていたことか。不安に襲われて半左衛門に訊《つ》いた。

「何か覚えがございますか。あの者たちは、ずっと尾けていたのではありませんか」

「何、勘定組頭をやっていれば、思いがけない怨みを買うものだ」

「命を狙われるほどの怨みをですか」

「こちらがそうでなくても、そう思う輩《やから》はいる」

半左衛門は言った。平然とした口調だったが、

「屋敷までお送りします」

清七は言った。そう言わずにはいられなかった。たったいま、父親を襲ってきた輩は、通りいっぺんの怨みで襲ってきたものとは考えられなかった。

まだどこで待ち伏せしているかしれないのだ。しかも警護しているのが、又之助と吾一ではいささか頼りない。

「では送って貰うかの」

半左衛門は言った。

清七は二人の若党とともに長谷の屋敷まで父親を送った。

「それではこれで」

清七は門の外で半左衛門に頭を下げると、長谷の家を後にした。

「痛……もういい、大丈夫だ」

清七は突き出していた手を引っ込めた。

「駄目です。きちんと手当てをしておかなければ」

おゆりはぎゅっと睨むと、一層包帯を巻く手に力を入れた。

「清さん、言うことを聞くんだな。おゆりさんの言う通りだ。それ以上腫れ上がったら、これから掛かる仕事に支障が出るんだぜ。まったく、子供みたいなこと、言ってるんじゃないよ」

与一郎は、昼飯を掻きこみながら言い、並んで食事をしている小平次と顔を見合わせて笑った。

今朝になって清七は、右手の小指と薬指を痛めていた事に気付いたのだ。骨折はしていないようだが、痛みもあるし、腫れもあった。覆面の男と撃ち合った時に受けたものらしい。

店に出て来たおゆりにそれを話すと、

「まあ、こんなに酷《ひど》く腫れあがって」

おゆりは大騒ぎを始めたのだ。

早速置き薬の箱を持って来たかと思うと、湿布薬の『接骨散』とかいう薬を、清七の手になすりつけたのだ。そうしてから包帯で巻き上げると、

「念のためにお医者様に診ていただいたほうが良いかもしれませんよ」

念を押して立ち上がった。

清七は、包帯を巻いた右手の指を動かしてみた。なんとか動いた。握ったり開

いたりぐっぱーを繰り返しながら、茶の間の隣室にある三畳の部屋に入った。

そこには、やりかけた絵図の仕事が広げてあった。

昨年は御曲輪内《おくるわうち》と外桜田門の絵図、それに、駿河台小川町と番町の絵図を刷り上げたが、今年は日本橋北の絵図を手がけ、昨日から文字入れを始めたところだ。

清七と与一郎、小平次の三人で調べて来た町の名や屋敷の主の名を、与一郎が線引きした上に、清七が書き込むのである。

一字も間違ってはいけないし、字が汚くてもいけない。大切な指を怪我してしまった清七は、別の紙に下書きをして筆遣いを確かめてみる。

やはり筆の滑りはぎこちなかった。

「清さん、慌てることはないんだ。まだ調べは残っているんだから」

与一郎が声を掛けてきた。

「なあに、なんとかなる」

清七は言った。

昨年手がけた番町の絵図は、武家屋敷ひとつひとつの名前を書き込むだけでも大変な作業だったが、町屋が大半を占める日本橋北側のこの絵図は、書き込むのは町名ばかりだ。番町の時のような苦労はない。絵図上に書き込む文字は格段に少なかった。

ただ、全体を見渡して眺めてみると、例えば買い物案内に出てくるような、人気のある店などは書き込んでやったほうが良いのではないか、などと考える。

「何だ、また考え込んでいるのか」

食事を終えた与一郎が清七の横に来て座った。

「うむ。もう少し書き込んでやった方がいいのかなとも思うのだが、ただ、それをやり出すと切りが無い」

「そうだよ、ほとんどの店が地借り店借りだ。それに、商いは明日をもしれないんだ。今日繁盛していても明日は店を畳むようなことは日常茶飯事だ。そんなものを追っかけていたら、こっちの身がもたん」

与一郎は、そんな事を言いながらも、その目は切り絵図の線や文字を追っている。

あのお気楽な与一郎も、近頃では人が変わったようになって、切り絵図作りに精魂を注いでいた。

「そうだな……もともとの狙いは、武家屋敷の名を入れることが一つ、もうひとつは、江戸の名所を分かりやすく知らせてやることだ。その為に、地図ではなく絵図にしたんだからな」

清七もようやく踏ん切りがついた。

そもそも切り絵図というのは、実測で描いている訳ではない。目的地に向かう人のために、東西南北を知らせ、道筋を知らせるためのものだ。

そのために、町の区画の線を引き、目印になる稲荷などを書き込むことで、目指す場所をより早く見付けられるように考えて描いている。

だから、絵図ではくっついているように見える屋敷と屋敷の間にも、実際には通い道が通っているし、家々も立ち並んでいるということもある。

細い路地も書き込まない。小さな掘割なども示していない。

絵図に描いた寺社や武家屋敷の広さも正確ではなかった。

名所と呼ばれるような有名な寺社は、実際の敷地よりもずっと大きく描いているし、逆の場合もあった。

だから清七たちが絵図制作にあたって調べると言っているのは、道幅や屋敷の実測や縮尺の話ではなかった。

一尺一寸を神経質に問題にする人達には、絵図は大ざっぱで不満かもしれなかった。

ところがこの絵図が、飛ぶように売れているのである。

「これまでのやり方でいいんだって。その証拠に、これまでの絵図は、二度刷りに入ってるじゃないか。馬琴の八犬伝は一冊四百部を刷っていたというんだが、この絵図はそれに匹敵する数を刷り、まだまだ伸びしろはあるんだから」

与一郎は胸を張った。

確かにこれまで出板した絵図は大評判で、大名の江戸屋敷や商人などが、十枚二十枚と、まとめ買いしてくれるようになっていた。

紀の字屋の切り絵図が、大いに人々の役に立っている証拠だった。

「じゃ、清さん」

小平次が声を掛けて店を出て行った。

小平次は新大橋西側の武家地の調べをいまやっている。

「待ってくれ、俺も行く」

与一郎も立ち上がった。だが、

「与一郎さん、これから両国辺りを調べに行くんですか」

忠吉《ちゅうきち》が店の方からやって来て訊いた。忠吉はまだ十三歳の少年だ。万引をした忠吉の事情に同情した清七が店に連れてきて売り子として働いてもらっている。

利発な子で、何にでも興味を示す。今日も何か訊きたいことがあるようだ。

「いや、もう両国辺りは終わったんだ。今日からは小平次兄《あに》いと武家地だな。それがどうかしたのか」

「うん、ちょっと訊いてみたい事があったんだ。見世物小屋のことだけど」

「見世物小屋？」

「この刷り物に描いてあることは本当の話かい？」

忠吉は、店で売っている刷り物を差し出した。

半紙二枚分程の紙に刷られたその絵というのは、右の方にはらくだの姿、左側には名高い中国の猛将関羽《かんう》の竹籠細工絵がある。関羽は黒い髭を生やし、険しい目で睨み、手には大きな刀を握っている。

その刷り物は、両国の見世物小屋の金主である、山城屋《やましろや》東次郎《とうじろう》が知り合いの絵師に描かせたものだった。

見世物小屋を案内した引き札で、紀の字屋に立ち寄った客に宣伝してほしいと、一枚八文で売っているものだ。

万が一見世物小屋に行けなくても記念にもなるし、土産物にも使えるという刷り物だ。

忠吉はそれを客に勧めているうちに、自分も見世物小屋に行きたくなったようだ。

「そうか、見てみたいか」

「もちろん。おいらは、らくだなんて見たことがねえ」

「ああ、らくだね」

「見たんだろ、与一郎さんは」

「まあな……米沢町を調べに行った時に、ちょっと覗いただけだがな」

「見たんじゃないか。で、どうだった？」

尋ねる忠吉の目は輝いている。

「奇妙な動物だ。こぶが背中にあってな。そのこぶには水が入っているらしい。命を救う水だと言っていたな」

「ふうん、じゃあ、籠の細工は……こっちの関羽の籠細工は、どうだった？」

「見事な細工だった、見上げないと顔がみられない、それほど大きいんだ。びっくりしたよ」

「へえ……いいな、そんな珍しい見世物を見たなんて」

忠吉は恨めしそうな目で与一郎を見た。

「そんな目で見るなよ。芝居小屋を見聞するのも仕事のうちなんだから」

「とかなんとか言って、ずるいよ。おいらだってお客さんに説明するのに、なんにも知らなくては説明のしようがないんだぜ。おいらに見物させてくれたら、店に置いてある与一郎さんの、なかなか売れない浮世絵だって、この刷り物と一緒に、もっともっと売ってあげられるのにな」

じっと見て、にこっと笑う。忠吉は商売にかこつけて、どうしても見世物小屋見物を果たしたいらしい。

最近になって与一郎は、描きためてあった絵を店に置くようになったのだが、忠吉が言う通りまだ一枚も売れてなかったのだ。

「なんて言いぐさだ」

与一郎は忠吉の頭をこづいた。

「いて、何するんだよ。自分の絵が売れないからって、おいらに当たるなんて、大人じゃねえよ」

「小憎らしいことばっかり言うからだよ。俺だってな、いまは切り絵図でいっぱいいっぱいだが、いつかみんなをぎゃふんといわせる絵を描いてやるよ」

与一郎が睨んだ。

すると、清七が絵図から顔を上げて言った。

「与一郎、一度連れてってやれ」

「やった――……やっぱり清七さんだね！」

忠吉は拳を上げて店に引き返して行った。

「清さん、甘やかさないほうがいいんじゃないのか」

与一郎は面倒くさそうな顔をしてみせた。

「一度ぐらい、いいじゃないか。俺が連れていってやってもいいぞ」

清七は、見世物小屋に行きたくても行けない、見たくても見られなかった自分の子供の頃のことを思い出していたのである。

母親との二人暮らしの為に一心に働く忠吉の姿を見ていると、まるで幼い頃の自分の姿を見るような、そんな気が清七にはしているのである。

「分かったよ、俺がつれてく。清さんはそれにかかってくれ」

与一郎は言った。

二

忠吉と与一郎が、両国橋に現れたのは翌日のことだった。

橋の西袂でも、見世物小屋や西国の物産を売る小屋が建ち並び、広小路の路上では、次々といろんな芸人が得意の芸を披露していた。

人々は広小路から橋の上まで溢れている。見世物小屋がある橋の向こうの東袂は、一層の混雑だった。

忠吉は与一郎と両国橋の西袂に立って人を待っているのだった。

一刻も早く橋の向こうの小屋に行きたいのだが、与一郎がここで人と待ち合わせをしている、などと言い出したのだ。

待ち人はなかなか現れなかった。昼は近くなるし、忠吉がいらいらしはじめたところに、

「お久しぶりです。待たせてごめんなさい」

人混みを分けて顔を見せたのは、なんと深川の萩の家で働いている、おさよだった。

おさよは、薄く化粧をしていた。

「何、俺たちもいま来たところだ」

半刻も待っているのに、与一郎は嘘をついた。

——ちぇっ、おさよさんと待ち合わせしてたのか。

おいらはだしかと、忠吉はちょっぴり膨れてやった。すると、

「忠吉さん、あんたにお土産」

なんとおさよは、手提げ袋から、かりんとうの入った袋を渡してくれたではないか。

「いいのかい」

掌のかりんとうの袋を見て、それからおさよの顔を見た。

「ええ。深川はかりんとうを一番早く売り出したとこなのよ、どこのかりんとうより美味しい筈よ。おっかさんとどうぞ」

「ありがと。おさよさん、今日は綺麗だね」

「まあ、うまい事言って」

おさよは口に手を当て、ころころと嬉しそうに笑った。

「さあ、行こうか」

与一郎は、弾んだ声で言った。

両国橋の上は、うっかりすると後ろから押し倒されそうな人出である。忠吉は一歩先を並んで行く与一郎とおさよにはぐれないように人の波を掻き分けながら、

——我ながら世辞がうまくなったな……。

と、こっそりほくそ笑んだ。

本当のところは、おさよは口紅の塗り方が下手だな、と思っていた。もう少し淡い桃色を塗れば可愛らしく見えるのに、唇がやけに赤かったのだ。人食い婆じゃないんだからと思ったが、まあそれでも、与一郎がいつになく嬉しそうに歩いていくのを見るのも悪いもんじゃない。

忠吉には二人が何を話しているのか分からなかったが、そんな事はどうでも良かった。かりんとうは懐にあるし、いよいよ念願の見世物が見られると思うと、胸を躍らせながら二人にはぐれないように、もちろん邪魔しないように気配りしながらついて行った。

まずは三人は、らくだを見る事にした。

札銭（入場料）は三十二文だった。見世物としては高い。以前忠吉が見た熊とか狸の見世物は、確か大人が十六文、子供は八文だった筈だ。

だが、珍しいらくだとなると、三十二文を気にする人はいない。押すな押すなの大繁盛で、札銭は与一郎が人の頭の上から手をのばし、やっとのことで支払って中に入った。

小屋に入った途端、嗅ぎ慣れない動物の臭いが立ちこめていた。こぶのある馬に似た動物が二頭、檻の中で動き回っているようだ。ようだというのは、全体が見えないからだ。

とにかく見物人が多い。それに前になかなか進めない。後ろからは押されるし、らくだが見える場所までたどりつくのは至難である。

牡八歳、牝八歳の立て札が見え、いよいよだと思ったその時、後ろからどんと押されて、三人はあっという間に小屋の出口に押し出されていた。

「ちぇ、もっとじっくり見たかったのに」

忠吉はぼやきながら、隣の小屋の木戸に立った。籠細工の見世物の木戸である。この小屋も一人三十二文だというので、与一郎が財布から銭を取り出した。

待っているのももどかしく、忠吉は先に中に入った。人混みをかき分けて、籠細工の良く見える柵の際に陣取って関羽を見上げた。

「……………」

忠吉は、息が止まった。声も出ない。それほど驚いていた。

関羽の大きさは、話に聞いた奈良の大仏を見上げているような塩梅《あんばい》だろうか。

関羽は立派な体の両足をぐいと広げて立ち、右手に大きな刀を持って観客を見下ろしていた。

詳しい話は知らないが、関羽という人は中国の有名な武将だと、おゆりから聞いている。

――しかし……。

これが本当に籠細工なんだろうかと、口をあんぐり開けて念入りに眺めた。

なにしろ、関羽は生きているように見えるのだ。

だがよくよく見ると、体はもちろんだが、衣服も、立派な眉も、長く黒い髭も、刀だって皆籠の目が見える。

ふうっと、忠吉はため息をついた。

すると、籠細工の見張り番として立っていた男が、拍子木を打ちながら歌い出した。

「我ら三人、生まれし日、時は違えども兄弟のちぎりを結んだからには、心を同じくして助け合い、困窮する者たちを救わん……同年、同月、同日に生まれることを得ずとも、同年、同月、同日に死せん事を願わん……」

　男は熱っぽく歌って見せて、

「さあさ、前へ前へ、後ろの方も順番に、この関羽に手を合わせれば願い事が叶う、叶いますぞ」

　拍子木を敲《たた》きながら声を上げた。

　すると、見物人の中には、関羽の膝前に銭を投げて手を合わす者まで現れた。

　忠吉は、その場所を離れられなくなっていた。

　無性に血が騒ぐのだった。懐かしくもあった。それが何故だか分からなかったが、その場所を離れられなくなっていた。

　やがて、人の数が少なくなった頃のこと、

「ぼうず、籠細工、気に入ったか」

　忠吉は後ろから声を掛けられた。

　中年の男が二人、にこにこして立っていた。一人は四十半ばの男で、もう一人の男は、それよりも少し若いように見えた。

「気に入ったよ。おいら、いくら見ていても飽きないや。おじさんたち、この関羽の背丈は、どれほどだか知ってるかい？」

「知ってるとも、おっちゃんたち二人が作ったんやで」

若い方が笑って言った。

「本当？」

「嘘なもんか、この人が関羽を作った銀作《ぎんさく》さんていう人や、そしてわしは、弟分で竹蔵《たけぞう》という者や」

忠吉は、二人を交互にまじまじと見た。どう見ても、普通のおじさんにしか見えない。だが、銀作というおじさんは関羽の細工を指さして教えてくれた。

「ぼうず、よう見てみ、足の先から頭のてっぺんまで、あれ、全部籠細工やで
……背丈は二丈二尺（六・七メートル）もあるんや」

忠吉はこの言葉で、おじさんが本当に関羽を作った人だと信じた。

「二丈……こんな大きな物を、どうやって作るんだろ」

想像に胸を膨らませて呟くと、

「一度宿に遊びに来るか……そしたら、どうやったら、あんな大きなもん作れるか、教えたるで」

銀作はそう言った。

「きっと行くよ」

忠吉は目をきらきらさせて銀作を見返した。その時だった。

「忠吉、ここにいたのか」

与一郎が渋い顔をして近づいて来た。

忠吉の態度に異変が起こったのは、この時からだった。

あれほど熱心に勤めていた店を、無断で休むようになったのである。

「今日で何日だ……五日目じゃないか」

店に入るなり、清七は手代の庄助《しようすけ》に訊いた。

庄助は、店の棚を整理していたが、その手を止めると、不服そうな顔で清七の方に向いた。

「はい、五日です。清さん、あんな怠け者には暇を出して下さい。私が迷惑です」

庄助は怒っていた。

無理も無かった。大勢の客を一人で捌《さば》く庄助の身になれば、おゆりが手伝ってくれるとはいえ、忠吉に仕事を命じるような訳にはいかない。店が忙しければ忙しいほど、無断で店を休む忠吉に腹が立った。

「母親の具合が悪いのかもしれん」

「甘いな、清さんは……私には分かってますよ」

「何を分かっているのだ」

「与一郎さんの話では、両国の見世物小屋の籠細工に忠吉はずいぶんびっくりして、たましいを抜かれたようになってたっていいますから、どうせ見世物小屋に毎日入り浸っているに違いありません。忠吉は本当は怠け者だったんです」

「厳しいことをいうものだ」

「当たり前です。私はこれで、けっこう辛抱していたんです。忠吉はそろばんが私より出来るって鼻高々で、いつも私を馬鹿にしていました。それでも私は、お客さまの手前、あいつに花を持たせてやってきたのに、このざまです。忠吉は、一番年下だっていうことで、みんなに甘やかされて、それであんな横着な人間になったんですよ」

　庄助は不満をぶちまけた。

「分かった分かった。お前の気持ちは良く分かっている。おさえておさえて」

　清七は、手振りで押さえる真似をしてみせると、おゆりに出かけて来ることを伝え、店を出た。

忠吉が籠細工に相当夢中になっている事は、昨日与一郎から聞いていた。与一郎自身も関羽の籠細工にはどぎもを抜かれたと言っていたから、何に対しても好奇心旺盛な忠吉が夢中になるのも無理はない。

ただ、それはそれとして、店を無断で休むのは感心できない。会ってお灸を据えてやらなければ忠吉の為にならない。

足を急がせながら、清七は自分も忠吉に少し甘かったかもしれないなと考えていた。

忠吉の頑張る姿は、どうしても昔の自分と重なってしまうのだ。人に言えぬほどの苦労をしたからこそ、似たような境遇にある忠吉に、手をさしのべてやりたい、そう思ってきた。

しかしそれは、かえって忠吉には良くなかったのかもしれなかった。

「おみねさん、紀の字屋です。久しぶりです」

清七が瀬戸物町の忠吉親子が住む長屋に出向くと、母のおみねは、葉っぱのしなびた大根を井戸端で洗っていた。

「お世話になっております」

おみねは立ち上がって頭を下げた。おみねの手は、冷たい水のためか真っ赤になっている。ただ何故突然清七がやって来たのかと、その顔には不安な色が浮かんでいた。

「忠吉はおりますか」

清七が尋ねると、おみねは、あっという顔をした。

「忠吉が何か……忠吉はお店に行ってないんですね」

確かめるような口調で聞き返してきた。

「もう五日も休んでいる」

「五日も……」

おみねは絶句した。

「何かあったんではないかと思って来てみたんだが」

「申し訳ございません」

おみねは頭を下げた。

「私も様子がおかしいので案じていたのです。問い詰めると、ちゃんとお店に行ってるっていうものですから」

おみねは衝撃を受けたようだ。

「すると、見世物小屋に通っているんだな」

「多分……それしか考えられません。そういえば」

戸惑いをみせながら、おみねは辺りをはばかるように見て、清七を家の中に誘った。

おみねはまだ足を引きずっていた。井戸端から家の土間に入るまで大した距離ではないのだが、戸や物につかまるようにして歩くのだ。

家の中に上がる時も、一度上がり框《かまち》に両手をついて、よっこらしょっと弾みをつけて板の間に這いずりこむようにして上がった。

清七にも上がれと促したが、清七は手を振って断ると、上がり框に腰を掛けた。

おみねは膝をさすりながら、先ほどの話を続けた。

「忠吉は、こんな事を言ったんです。おいらを拾ったのは、本当に日本橋の上だったのかい、なんて……」

「……」

「ひょっとして浅草寺じゃなかったのかと訊くんです。私はこの長屋の皆さんにだって、これっぽっちも、忠吉が拾ってきた子だなんて言ってないのに……誰かに何か言われたのか、ずいぶんと熱心に訊くんですよ、あの子」

「ふむ……」

「何故そんな事を訊いてくるのか、私にはさっぱり分かりませんが、私は言ってやりました。もうその話をするのはやめようよって……どこでおまえを拾ったにしろ、もう今は誰がどう言おうと親子じゃないかと……」

「そうだな」

清七にも、おみねの気持はよく分かる。

「なんだかね、そんな事を訊かれるなんて、あの子が急に遠い人になったような気がしましてね。あの子には、何かあったに違いありません」

清七は頷いた。すると、

「清七郎さま、私、足がこんなでなかったら、清七郎さまに相談に行きたいと思っていたところです。いったい忠吉に何が起こっているのか、忠吉に清七郎さまから訊いて頂きたい、それをお願いしたいと思ったのです」

おみねは、必死な顔で清七を見た。

「分かった。俺もそのつもりで、おみねさんに訊きに来たのだ」

「ありがとうございます」

「それで、籠細工師が逗留している宿はどこか聞いたことはあるかね」

おみねは、こっくりと頷いて言った。

「与一郎さんと一緒に宿を訪ねたと聞いています。その時言ってたのは、馬喰町《ばくろちょう》の山崎屋だとか」

三

――おや。

清七は、馬喰町二丁目の旅籠屋山崎屋の前で立ち止まった。

表に人だかりが出来ていて、その人達に十手を振って帰れと促している岡っ引が見えたからだ。

清七が近づくと、

「今日は客は受け付けねえぜ」

岡っ引は清七が旅籠の中に入ろうとするのを止めて言った。

「俺はこの宿にいる人に会いにきたのだ」

「別の日にしな。客が殺されて取り込んでいる」

「殺し……誰が殺されたんだ」

驚いた清七に、

「見世物小屋の籠の細工師だ」

「何！　ごめん」

清七は、岡っ引を振り切って、旅籠の中に入った。

おい待て、という岡っ引の声が後ろから追ってきたが、かまわず二階に駆け上がった。

すると、奥の部屋の敷居際に、同心の姿が見えた。

清七はその部屋に向かった。すると、

「清七さん……」

なんと忠吉が部屋の中から声を掛けてきた。

忠吉は布団に寝かされている死人に付き添っていた。

「何をしてるんだ、お前は」

清七は押し殺した声で言い、部屋に入った。すると、

「紀の字屋さんでございますね」

忠吉の横にいる男が言った。

「そうです、紀の字屋の清七です」

「こりゃあどうも、あっしは竹蔵と申しやす」

男はぺこりと頭を下げると、

「詳しい話は後でいたしやすが、この数日忠吉が店を休んだのは忠吉が悪いんと違います。この、銀作兄貴が忠吉を気に入りやしてね」

竹蔵は寝かされている男に視線を投げると、

「兄貴が忠吉を誘ってたんです。生き別れになった倅《せがれ》が生きてたら、ぼんと同じくらいやいうて、ぼんを見てたら倅を見ているような気がするて……兄貴がそんな事いうもんやから、忠吉は毎日兄貴に会いに来てくれてたんですわ。どうぞ、勘弁してやって下さい」

竹蔵は改まった口調で言い、不審な目を向けている同心に、この子が奉公している店の人だと清七を紹介した。

「紀の字屋清七でございます」

清七も同心に頭を下げ、改めて仏に向き直ると、手を合わせた。

するとそれを待っていたように竹蔵が言った。

「昨晩、兄貴は、金主の山城屋東次郎さんに呼ばれて大伝馬町の山城屋さんに出かけて行ったんですが、帰って来ませんでした。案じていたところ、今朝になって河岸地《かしち》で殺されていると知らせを受けまして……見てやってくれますか」

竹蔵は着物の襟を少しはだけて、銀作の傷を清七に見せた。

「これは……」

それは刀傷だった。肩を斜めに斬り下げられていた。

「誰に殺《や》られたか分かっているのですか」

「いえ、兄貴は怨みを買うような人じゃやねえ。第一、この江戸で知ってる人と言ったって数えるほどですわ。金谷《かなや》の旦那も……」

ちらと、岡っ引と部屋の外で、ここそこ話している同心を目で示して、

「調べてみないと分からんが辻斬りかもしれんな、なんて言うんですが……」

竹蔵は、同心に聞こえないように、小さな声で言った。

竹蔵の表情は、辻斬り説に納得していないようだった。悔しさが滲み出ている。

「竹蔵さん、旦那と出かけてくるがすぐに戻る。葬儀のことは、この寛七《かんしち》に任せてくれればいい」

寛七という岡っ引はそう告げると、金谷同心と一緒に姿を消した。すると竹蔵は、部屋の隅に置いてあった紙束の中から一枚を引き抜いてきて忠吉の手に握らせた。

「兄貴の形見や」

それは関羽の図面で、彩色などの細部まで描き込んだ全体像だった。

「忠吉、これはな、銀作のおっちゃんが設計したものや。この全体像を元にして、体の部分部分の籠を編んでいくんやいうのは話したやろ。これがないとなんにもでけへん、関羽のおおもとの図面や」

「竹蔵さん、いただけません、こんな大切なもの」

忠吉は押し返した。すると竹蔵は、もう一度忠吉の手に握らせて言った。

「いいんや、貰うてくれたら兄貴が喜ぶ、きっとな」

「でも、竹蔵さんが困るじゃないか。見世物はまだ続くんだ」

「大丈夫、頭の中に全部入ってるわ。兄貴にたたき込まれたさかい。遠慮するな、お前ももう、たびたび小屋にはこられへんのや」

「おじさん……」

「時々な、銀作のおじさんを思い出してやってんか」

忠吉は困った顔で清七を見た。

清七が頷いてやると、忠吉はようやく安心したような顔をして、竹蔵に礼を述べ、大切そうに図面を畳むと膝の上に置いた。

その手を、竹蔵は握って言った。

「ありがとな、今日はもうええ。葬儀は明日やから、お店から暇が貰えるようやったら来てやってんか。おっちゃんはな、これから少し清七さんと話がしたいんや」

竹蔵の言葉に忠吉は頷いた。そして、

「それじゃあ、清七さん」

清七に声を掛けてから、関羽の絵図面を胸に抱きしめるようにして帰って行った。

「すみません、お忙しいところをお引き止めいたしやして。実は忠吉にはこの話は聞かせとうなかったもんやから」

竹蔵は、清七を隣室の空いた客間に誘うと、神妙な顔で言った。

「はて、なんのことですかな。忠吉に関わることですか」

「さようです。先ほども少しお話ししましたけど、忠吉のことで少し教えて頂きたい思いやして。忠吉の話によると、幼い頃に日本橋でいまのおっかさんに拾われた、て聞きましたけど……」

「うむ、そのようだな。それが何か……」

「そうですか……」

竹蔵は力なく言って頷いた。期待が外れた時の声音《こわね》である。だがすぐに、

「実は、殺された銀作兄貴も十年前、この江戸で、子供を一人見失っておりまして、その子の名前が忠吉だったものですから」

「十年前というと、忠吉が日本橋で拾われた年だな」

清七は、驚いた目で竹蔵を見た。

「そうなんです。兄貴もあっしも、それが気になりやして、忠吉をここに誘っていたんですわ」

「……」

「全くの偶然かもしれへん、そやけどもひょっとして、あの忠吉ちゃんやないか思うて」

「……」

「忠吉にもいろいろ訊いてみたんですが、日本橋で拾われたということ以外に何も分かりまへんでした。兄貴も殺されて、もう子供捜しもできなくなりやしたが、紀の字屋さんには迷惑掛けましたので、こちらの事情もちゃんと話しておかなく

ては、そう思いやして……」

竹蔵は、職人の律儀な顔で清七を見た。

清七は頷いた。事の次第が分かればそれでいい。

「おおきに、これでほっといたしやした」

竹蔵は礼を述べると、これまでの経緯《いきさつ》とやらを話し始めた。

六日前のことだった。

見世物小屋で関羽を熱心に見詰めている忠吉に二人は気付いた。

丁度十年前にこの江戸でいなくなった銀作の倅の年頃で、しかもその子が熱心に籠細工を見詰めているというのが気になって、二人は忠吉に近づいて声を掛けた。

するとなんと、名は忠吉だと言うではないか。

驚いたのは銀作だった。我が子がひょっこり籠細工に引かれて小屋にやってきたような錯覚に陥ったのだ。

銀作は夢中だった。なんとか昔のことを聞き出して、倅との接点はないものかと、細工に多大な興味をみせた忠吉を、宿に誘ったのである。

銀作は忠吉と話すたびに、十年も前に大坂から江戸にやって来た時のことを思い出していたのである。

それというのも十年前にも、この江戸で大きな見世物小屋が建ったのだ。但しその時の場所は浅草寺だった。

銀作は鶏の絵で知られる伊藤若冲《いとうじやくちゆう》の絵を参考にして、鶏や孔雀など、鳥や動物の籠細工を出展したが、その際、女房のおつまと、おつまの妹のおしげ、それに幼い子供二人を連れてやってきていた。

おつまが一度江戸見物をしてみたい、などと言い出したからだった。

江戸での見世物興行は三ヶ月、おつまたちはその間に、ずいぶんと江戸見物をしたらしい。

大坂の賑やかさは江戸以上だと思っていたおつまたちは、江戸の活気溢れる華やかさに触れ、驚いたようだった。

連れてきた二人の子供の世話も、おしげに手伝って貰っていたから、おつまは西に東にとくまなく見物して、大いに満足したらしかった。

ところが思いがけない事件が起きた。

あと数日で江戸での滞在を終えるという時に、子供の一人がいなくなった事に気づいたのだ。

二人の子はいずれも男児で、兄は松吉《まつきち》と言い六歳、弟は忠吉といって三歳だった。

二人とも目を離すとどこに行くかわからない年頃で、いつもおしげを付けていたのだが、その日はおしげに他の用事を頼んでいて、おしげは子供達の側にはいなかった。

おつまにしても、よくよく子供達には注意を払っていて、宿をとっていた東仲町《ひがしなかちょう》から浅草寺に行く時にも、子供達の手をしっかり引いて歩いていたほどだ。

ところがこの日、見世物細工の孔雀の羽が壊れてしまって、銀作は子供連れで小屋に来ていた女房に、宿に竹ひごや細工道具を取りに行かせたのだ。

おつまは松吉に、小屋の近くから離れないようにきつく言いつけて旅籠に戻った。

ところが、浅草寺に引き返してきてみると、なんと忠吉が見えなくなっていたのである。

浅草寺は普段でも大勢の人がやって来る。それが見世物小屋が建ったとなれば、連日境内は人で溢れている。

しかも境内には、珍しい出店がずらっと出ているから、子供の目を引くのはいうまでもない。

どうやら松吉は、それらの出店を覗きたくて、ついふらふらと小屋を離れたらしい。

弟の忠吉のことに気付いて元の場所に戻った時には、忠吉は小屋の前にはいなかったというのである。

大慌てで小屋で働く者たちの力も借りて捜してみたが、忠吉は見つからなかった。

おつまはその晩、番屋にも届けている。

だが番屋が、迷子になった子供を捜してくれる事はまずない。

迷子がどこかで見つかった時には、届けが出ている子供かどうか調べてくれるが、それ以上は無理だと言われた。それほど江戸では迷子は多かったのかもしれない。

銀作とおつまは頭を抱えた。

次の興行は浜松と決まっている。銀作は、江戸に出展したのを皮切りに、順々に東海道を上って、大坂での展示を行い、最後は伊勢神宮に小屋を掛け、一年の見世物の棹尾《ちょうび》を飾るつもりだったのだ。

土地土地の金主との約束を違えることは出来なかった。一度でも約束を反故《ほご》にすれば、次の見世物小屋での展示はない。

籠の細工師といっても、何も銀作一人だけではない。台頭してくる籠細工師は多く、その機会をねらっている。安閑としていられる身分ではない。

夫婦は思案したあげく、見世物小屋が終わったあと、銀作だけが出立し、おつまは松吉とおしげと三人で江戸に残った。

しかし、それから半年近く、おつまは人を使って捜してもみたが、忠吉の影すら摑むことは出来なかった。

おつまは、後ろ髪を引かれる思いで江戸を去った。

ところがこの時の衝撃が災いしたのか、大坂に戻ったおつまは、まもなくして、原因不明の熱を出して亡くなったのだ。

「それから十年です」

順を追って話し終えた竹蔵は、ここで大きく息をついた。そしてしずかに言った。

「おつまさんはいまわの際に、こう銀作兄貴に言ったそうです。今度江戸に行くことがあったなら、その時には必ず、必ず忠吉を捜してきてほしいって……」

「……」

「忠吉の兄の松吉には、跡を託すつもりで籠細工の修業をさせておりやして、それは心配ないんですが、銀作兄貴にしてみれば、生き別れになった忠吉が不憫……そういう気持ちがあったものですから、小屋の中で巡り会った忠吉が自分の倅のように思えたんだと思いやす」

「良く分かりました」

と清七は言った。そして、

「ひとつ聞きたいのだが、忠吉はこの話は知らないのですな」

「知りません。不確かなことで動揺させてはと思ったからです。例えば忠吉は日本橋で拾われたということでしたが、その時に、大坂の住吉さんのお守りをもしも持っていたというのなら、きっともっと、つっこんだ話になっていたかもしれやせん」

「住吉のお守り……行方不明になった子が、それを付けていたんですな」

「そうです。忠吉は覚えがないと言ってましたが、銀作兄貴の倅の首には、住吉さんのお守りを掛けていましたからね」

竹蔵は言い、もうこれで兄貴は倅に会えなくなった、籠の細工は日本一で人にももてはやされた人生だったが、倅のことについては気の毒な人だったと、しみじみと言った。

四

銀作の葬儀が終わってから五日、切り絵図の調べも半分あまりは終えていた。この度の絵図も、なんとか目鼻がついてきて、気持ちに少しはゆとりが生まれている。だが、忙しいのは相変わらずで、やはり帰宅は夜の五ツを過ぎてしまう。夕食を紀の字屋で済ませ、長屋にたどり着いたのが四ツ、熱い茶が欲しいな、などとふと思って木戸をくぐると、

「彦蔵《ひこぞう》ではないか」

清七は長屋の路地の、薄暗い清七の家の前でじっと立っている彦蔵に気がついた。

「長く待っていてくれたのか」

清七は、彦蔵を家の中に誘うと熱い茶を入れ、自分の湯飲みに注ぎながら訊いた。

「いえいえ」

彦蔵は首を横に振ると、美味そうに茶を啜った。彦蔵は清七の実家の下男である。長谷家では脇腹の子として冷遇されていた清七を、いつも陰から見守ってくれた爺さんだ。今も時々、長谷家からの使いでやってくる。

「なかなか美味しいお茶でございます。体が温まりました」

「俺に用とは、その荷物か？」

清七は、彦蔵が抱えてきた風呂敷包みを指した。

「若奥さまの織恵《おりえ》さまからです」

と言って、彦蔵は嬉しそうに微笑んだ。

「織恵さまから……」

清七は聞き返した。長谷の嫂《あによめ》のことを、清七は姉上でなく若奥さま、或いは織恵さまと呼ぶ。あくまで自分は長谷家の人間ではない、そういう気持ちからだった。

しかし彦蔵は、そんな態度をみせる清七にいつも哀しげな視線を送ってくる。

「はい、いろいろ入ってますよ。お仕事が忙しくて、食事もちゃんととっているのか心配だ……織恵さまはそのようにおっしゃって」

「ありがとう。でも今後はお気遣いのないようにと伝えてくれ」

「清七郎さま……」

彦蔵は清七の顔をまっすぐに見て言った。

「なぜそのように遠慮をおっしゃるのですか。若奥さまは清七郎さまのことを弟だと思われてお気遣いなさっているのです」

「分かっている、有り難いが、大奥様に見つかったら織恵さまが辛い目に遭う」

「そうかもしれませんが、若奥さまにとって清七郎さまは、唯一頼りになるお方かもしれません。清七郎さまがそのように遠慮されては、かえってお寂しいでしょう」

彦蔵は暗に、兄の市之進《いちのしん》と織恵との仲が良くないことをほのめかした。

あの神経質で自己中心的な市之進を相手にするのでは、織恵も気苦労が絶えないに違いない。

しかも姑の多加《たか》は、自分のいうことが長谷家の法だと思っている人だから、織恵にとって長谷家は住み心地が良い筈がないのだ。

清七が屋敷を出て来たのも、原因は多加と市之進だった。だが織恵の場合は、離縁しないかぎり長谷家から出ることは叶わぬのだ。

織恵が気の毒だと清七は思った。

清七は朗らかに振る舞う織恵の顔を思い出したが、茶を飲み終えると、かねてより気になっていた事を訊いた。

「それはそうと、旦那さまはお変わりないか」

「はい。お忙しそうです。そうそう、この間、旦那さまが何者かに襲われた時、清七郎さまが救って下さったそうですね。頼もしくなったと、旦那さまがおっしゃっておいででした」

「あれ以来、大丈夫なのか」

「さあ、それは存じませんが、何か難しいお仕事にとりくまれておられるようです。それで、近頃では警護の方がお二人、ずっと旦那さまのお出かけの際にはついています」

「そうか、それなら安心だ、俺もそれを案じていたのだ」

「はい、お二人は吟味役の佐治《さじ》長門守《ながとのかみ》さまの肝いりで参っております。大変腕のたつ方々だと聞いております」

「吟味役だと……」

清七は聞き返した。

父の半左衛門は、いったい何の仕事をしているのだと、ふと不安が過《よ》ぎったのだ。吟味役といえば、勘定所内のことばかりか、勘定所が嚙んでいるありとあらゆる案件について吟味し、不正を糺《ただ》すところではないのか。

彦蔵は突然、声を落として言った。

「清七郎さま、これはどなたにも話しては駄目だと口止めされている事なんですが……」

「何だ、話してくれ。他言せぬ」

清七は見詰めた。

彦蔵は大きく頷いて膝を寄せてきた。

「あれは……そうです、ふた月も前のことになりますが……」

夜も四ツになって使いが来た。

使いは文を持参していて、半左衛門はそれに目を通すと、出かける用意をしろと言った。

供は彦蔵だけで良いと言い、半左衛門は羽織袴に着替えると、頭巾を被り、彦蔵と使いに来た武士とを供にして屋敷を出た。

いったいどこに行くのかと半左衛門の後ろから歩いていくと、半左衛門はさるお屋敷の前で立ち止まった。

半左衛門が玄関式台から家の中に案内されたのを見届けてから、彦蔵は門近くの小部屋で半左衛門が用を済ませるのを待っていた。

すると、半刻近く経った頃に、

「まもなくお帰りになる」

屋敷の若党が報《しら》せてくれた。

彦蔵は急いで玄関に向かったが、屋敷の奥から出て来た半左衛門の難しい顔を見て、何があったのか心配になった。

「私の知っていることは、そのことだけです」

彦蔵は、大きく息をつくと、清七の顔を見た。

──父は、何か重大な調べでもしているのか……。

そうでなければ、刺客に襲われることはない。

彦蔵を帰してからも、清七は半左衛門が襲われたあの夜のことが頭から離れなかった。

「清さん、もう寝たかい……」

そろそろ床につこうかと立ち上がったその時、戸を叩く者がいる。

小平次の声だった。

清七は土間に下りて戸を開けた。

「どうしたのだ、こんなに遅く」

「清さんは、竹蔵って男を知ってますね」

「見世物小屋の籠細工師だな」

「その者が、傷を負って紀の字屋に助けを求めてきたんです」

「何……」

清七は、驚いて小平次に聞き返した。


清七は小平次と、夜の町を紀の字屋に走った。

竹蔵は紀の字屋の奥の客間で、肩口を白い包帯で巻いて貰っていた。

包帯を巻いているのは桂東伯《かつらとうはく》の弟子の一人で、東伯はおゆりが運んで来た金だらいの湯で、治療したあとの手を清めていた。

桂東伯は蘭方医で外科医の奥医師である。医者として高い身分を得た者はふつう、町の人々の治療はいやがる。仮に往診してくれたとしても、法外な治療代をふっかける。

だが桂東伯は、手が空いていれば、長屋の往診だって厭わなかった。患者に金がなければ治療代はとらないらしい。

母親もこの江戸では珍しい、蘭方医として名を馳せた人だと聞いているが、東伯もその母の教えを守って、市井の人達に力を尽くしているのである。「医は仁術」を実践している今時珍しい医者だった。

清七が小平次と座敷に入って行ってまもなく、桂東伯は手ぬぐいで手を拭きながら、手当てを見守っている藤兵衛に言った。

「出血の割には傷は深くありません。ただ、二十針も縫いましたから、傷口は動かさないほうがいいでしょう。十日ほどは安静にして下さい」

藤兵衛は頷いた。藤兵衛の横には与一郎もいた。その与一郎が訊いた。

「先生、竹蔵さんは、暗闇からいきなり斬りつけられた、咄嗟《とっさ》のことで相手の顔も見ていないし、匕首《あいくち》だったのか刀だったのか分からないと言っているんですが、本当のところ、得物《えもの》はなんだったんですかね」

与一郎は、こちらの話に耳を立てながら包帯を巻いて貰っている竹蔵を、ちらと見て訊いた。

「刀傷ですね。ですから、こんな傷で済んだのは幸運だった。少し場所がずれていたら心の臓をやられていたかもしれません」

東伯は、くれぐれも安静にするように竹蔵に言い含めて、持参していた薬を置いて帰って行った。

「おさわがせ致しまして申し訳ございやせん」

竹蔵は、東伯が帰ると、いの一番に皆に頭を下げた。

「おゆり、すまないがお茶をいれてくれないか」

藤兵衛は、おゆりに茶を頼むと、

「竹蔵さん、覚えがあるのですかな、命を狙われる覚えです」

竹蔵に訊いた。藤兵衛の言葉は静かだったが、その目は鋭い光を宿している。

竹蔵は少し考えていたが、自信の無い顔で首を横に振った。

「分かりまへん、それだけに恐ろしいんです」

「よく考えてみる事だ。こちらもこうして飛び込んでこられては、放ってはおけまい」

ちらと清七たちに視線を送って来た。

「申し訳ございやせん。銀作兄貴も殺されて、それに何故あっしまでこんな目に遭うのかと……」

首を捻ったが、ふっと何かに思い当たったような表情になった。

「竹蔵さん、やっぱり覚えがあったんだな」

与一郎が言い、

「まさかとは思うんやけど……」

竹蔵は思い出しながら話した。

それは、忠吉に初めてあった夜だった。

銀作と竹蔵は、橋本町の小料理屋『花瀬』で夕食を摂った。

馬喰町の宿でも食事は出してくれるが、時々二人は江戸で人気の料理を試すことを楽しんでいた。

贅沢には違いないが、なにしろ半年もの長い間見世物小屋を出すとなると、籠細工師の懐には結構な金が転がり込むのだ。

札銭は三十二文、一日の入場者がおよそ六千人という勘定でも、一日当たりの上がりは、二十九両にもなる。これを半年続ければ五千両近くの札銭が入る。

場所代小屋代、金主への配当分を渡しても、手に入る金は五百両は下るまい。

とはいえ籠細工は手間もかかるし金もかかる。細工にぴったりの竹を手に入れようとすると、驚く程の金が出ていく。また、ただで食わしてやっている弟子も多く、道中の移動にしたって物入りだ。

それでも、籠細工師がまとまった金を稼げるのは、見世物小屋に出品するのが一番で手っとり早い。

花瀬は、一見《いちげん》の客は店に上げないと言っていたが、両国の見世物小屋の細工師だと告げると、快く座敷に通してくれた。

二人は料理に舌鼓を打った。

京大坂の味に比べると、やはりしょっぱいとは思ったが、料理を運んで来た仲居の話では、板長が京で修業を積んできたと自慢するだけあって、確かに盛りつけは雅《みやび》な感じがしないでもなかった。

料理を一通り食べ終えた時だった。

銀作が厠《かわや》に立ったが、戻ってきた時には、銀作は青い顔をして、ひと目をはばかるように、部屋の中に走り込んできたのである。

「兄貴、どうかしたんか」

竹蔵が声を掛けると、しっと制して、這うような格好で閉めたばかりの障子をまた一寸ほど開けると、外を窺い、ようやく安心して自分の席に戻ったのだ。そして、小さな声で言った。

「ひとつ置いた隣の部屋でな、恐ろしい話、聞いてしもたんや」

銀作の声は震えていた。

「何聞いたんですか」

つられて竹蔵の声も小さくなる。

銀作の話はこうだった。

厠から戻る途中、銀作はひとつ置いた隣の部屋の障子が開いて、仲居が出て行くのを見た。

自分の部屋に戻りながら、自然と足音を忍ばせて耳をそばだてていた。すると、

「証拠は消す……命をもらうという事だ」

強い口調の、物騒な言葉を聞いてしまった。

ぎょっとして、その部屋の中を、障子戸の隙間から覗いた。

羽織袴の武士と、町人が向かい合っているのが見えた。

武士は百姓あがりのような赤銅色の肌で骨太の体軀だった。一方の町人は、どこかのお店《たな》の番頭のようだった。

「すると、普請方《ふしんがた》の」

驚いて思わず口に出した番頭に、

「しっ」

武士はその言葉を制した。そして、

「主に伝えておくのだ。かの御仁の手が伸びてくるかもしれぬが、その時には、殿さまにご迷惑がかからぬように万全の手をうつようにとな」

「主もそれは承知しております」

町人は恐れ入って頭を下げた。

その時だった。ふっと武士の目がこちらを見た。

それで銀作は、竹蔵が待つ部屋に転がり込むようにして逃げ帰った、というのだった。

「ただ、銀作兄貴は自分の姿を見られた訳やない、話を聞いたゆうても、御仁だの殿さまだなどと、誰のことというてるのか分かりませんのや、まさかそんな事で殺されるなんて信じられまへんわ」

竹蔵は話し終えると、何故、銀作が殺され、自分の命まで狙われているのかまだ合点がいかないようだった。

しかし藤兵衛は難しい顔をして言った。

「それだな、間違いない」

五

竹蔵が言った花瀬という小料理屋は、神田堀が浜町堀に変わる、堀が鈎型になっている橋本町の河岸地にあった。

白木の格子戸に二階建ての瀟洒《しょうしゃ》な店で、清七が店を訪ねた時、頬がりんごのように赤い若い女中が、雑巾で格子戸の桟を一生懸命に磨いていた。

「女将さんはいるかね、少し話を聞きたいのだが」

日本橋の紀の字屋だと名乗ると、若い女中は店の中に入って行ったが、すぐに引き返して来て、

「どうぞ」

にこにこして言った。

「紀の字屋と聞いたものですから、藤兵衛さんかと思いましたよ」

女将は清七を見てそう言ったが、

「まあおかけ下さいな、お話というのは何でしょうか」

化粧をしたばかりなのか、艶のいい顔で、清七に腰を下ろすように言った。

清七は玄関の上がり框に腰を下ろした。

「清七といいます」

まずは名を名乗ると、女将はくすりと笑って、

「そうなのね、あなたさまが藤兵衛さんのあとをお継ぎになって、切り絵図をつくっていらっしゃる」

「はい、切り絵図をご存じだとは」

「ご存じも何も……」

女将は引き出しから、これまで出板した切り絵図を出してきて並べた。

「これはご贔屓《ひいき》にしていただいて……」

「それはこっちの台詞、とても便利ですもの。よけいな物は描いてないですし、こっち行って、あっち行けばたどりつくのねって、良く分かるもの」

「そういう声を頂くのが一番嬉しいです」

「清七さんのお顔を拝見したら、もっともっと応援したくなりました」

ほほほと笑ったのち、女将は真顔になって、

「で、今日はなんでしょうか」

怪訝な顔を向けてきた。

「十三日前の夜のことです。こちらに、今両国で関羽の籠細工を出している細工師二人がやってきたと思いますが」

「はい、銀作さんと竹蔵さん」

女将は名前を覚えていた。

「その晩、部屋をひとつ挟んだ隣に、もうひと組の来客があった……武士と町人と……」

女将の顔が段々と硬くなっていく。

「そのお客の身元を知りたいのですが、教えて頂けませんか」

「………」

女将は黙って腕を組んだ。困惑している風だった。

「ご迷惑はおかけ致しません。実は銀作さんが何者かに襲われて亡くなりまして」

「まあ、じゃ、殺されたんですか」

女将はびっくりしたようだった。

「竹蔵さんも一昨日襲われましてね」

女将は絶句した。だがすぐに、

「ちっとも知りませんでした。でも、そのことと、別室のお客さまとどういう関係があるというのでしょう」

女将は組んでいた腕をほどいて大きな息をついた。

「うちは客商売ですからね、お客さまのことは、どなたにもお話ししない事になっているんです」

「分かっている。分かっていて頼んでいるのだ」

「もしも、お客さまの素性を洩らしているなどと噂がたったら、この商売はやっていけなくなります」

「………」

女将の言っていることは正しかった。

清七は、町奉行所の者ではない。探索する権利など持ち合わせていないのだ。

ただ藤兵衛が、花瀬には昔何度か行ったことがあると話してくれたのを頼りに紀の字屋の店の名を出してみたのだが、清七の考えは甘かったのかもしれない。

「すまない、無理な事を訊いたな」

立ち上がった時、

「お待ちなさいな」

女将が、もう一度そこに座れと目顔で言った。

「他言はご無用に願いますよ」

女将はまず念を押すと、

「お武家さまは初めての方でした。お名は存じません。もう一人は材木問屋の上総屋さんの番頭さんです。久造《きゅうぞう》さんという方です。上総屋さんはお得意さまですからね」

「いや、助かりました。この通りです」

清七は立ち上がると、頭を下げた。


まもなく清七は、銀作が殺されていたという亀井町の小橋の上に立っていた。

小橋は神田堀にかかっていて、右手には土手がある。

土手は神田堀に沿って西に延び、新革屋町《しんかわやちょう》の西角まで八丁もあった。そこに松の木を植樹し火除《ひよ》け地としているのだが、冬でも緑が多く景観が良い。

亀井町は、天和（一六八一～一六八三）の年に、寺地だった所である。その後町屋となったのだが、見渡すと構えのしっかりした町屋敷が多かった。

清七は小橋の下に下りてみた。

堀はひとつ西寄りの橋の甚兵衛橋で幅が狭くなって流れてきている。河岸には荷揚場があり、銀作はそこに積み上げられた空樽の側に転がっていたらしい。

腰を落として空樽を積み上げている辺りを丹念に見てみたが、これといった遺品は無かった。

清七は、もう一度橋の上に戻った。

馬喰町に宿をとっている銀作が、なぜこの場所で殺されたのか、それがわかれば事件解明の手がかりに繋がるのだが、見渡しても辺りは閑散としていた。

店に引き返そうかと思ったその時、ふっと橋の北側に大きな町屋敷があるのに気がついた。なだらかな坂の上に建った屋敷で、近隣の町屋敷よりも一段と敷地も広く、構えも立派だった。

屋敷の主は誰なのか、近寄りがたい雰囲気があるなと思ったその時、門の内から六尺棒を持った男が出て来、門扉の前に立った。

男は着流しで、尻はしょりはしていないが、どうも武家の中間《ちゅうげん》小者に見えた。

男はこちらをじっと見ている。清七を見ているのだ。

その家からは、この橋も橋の下の荷揚場も、丸見えだと清七は思った。

清七は橋を渡って屋敷に近づいた。

男は威嚇するように立ちはだかった。

「ちとお尋ねしたいが、八日前の朝、あの橋の下で人が殺されているのが見つかったんだが、聞いていますか」

「知らんな。帰れ」

男は、にべもない。

「屋敷の人達に聞いてもらえませんか」

「うるさいな、帰らないと痛い目に遭うぞ」

声を荒らげた。すると、屋敷の中から浪人体の男が一人、ふらりと出て来た。

痩せた浪人だが、目が鋭い。突き刺すような視線を送って来た。

清七は苦笑いを返すと、屋敷を後にした。

「近づかない方がいいですぜ。あの家は鬼門だ」

橋の上まで戻った時、寛七というあの岡っ引がやって来た。

「紀の字屋さんでしたね、あの家は、大奥女中の滝山《たきやま》さまの拝領町屋敷なんでさ」

寛七は気さくに話しかけてきた。

銀作が殺されて寝かされていた宿で会った時には、十手をひけらかす嫌な岡っ引だと思っていたのに、今日の寛七は随分印象が違った。

「拝領町屋敷ですか……」

清七は振り返って、もう一度屋敷を見た。

先ほどの門番がじっとまだ睨んでいる。

「滝山さまは今は誰かに貸しているようです」

「誰ですか、その者は」

清七の問いに、寛七は首を横に振ってみせると、

「しかし随分興味があるようですな。もっとも竹蔵さんに、命を狙われた、匿《かくま》ってくれと頼りにされては、無理もないところですが……」

「知っているのか、竹蔵さんのことを」

「今会ってきたところですよ」

寛七は苦笑した。

竹蔵に会うために馬喰町の宿に行ってみると、竹蔵は事情があって紀の字屋に逗留していると聞いたのだ。

それで紀の字屋に行ってみると、肩口を包帯で巻いた竹蔵が出て来た。襲われたと聞いてびっくりしたところだと寛七は言った。

「寛七親分は、銀作殺しについて、何かわかったんですか」

「いや……まだほんの入り口でさ。いろいろ調べて行くうちに、久造っていう男が浮かびあがったんですが」

「きゅうぞう……」

清七は驚いて聞き返した。

花瀬で聞いた材木問屋の番頭の名も久造といった。

「そうです。久造は、関羽を展示している小屋へ、毎日のように出かけていっては、竹蔵を睨むように見ていたようです。小屋で働く何人かの者が証言しています。という事は、久造という番頭は、銀作殺しに何かかかわりがあったのじゃないか……そう考えたからこそ、わざわざ竹蔵さんに会いに行ったってわけでさ。そしたらなんと、小料理屋花瀬の話を聞かされたんだ」

「さすがは親分だ」

「冗談はよしてください。ところがです。あっしが十手を預かる旦那は、南町同心で金谷《かなや》幸三郎《こうざぶろう》さまっておっしゃる方なんですが、昨日上役の与力さまに呼ばれて、籠細工師の調べはもういい、そう言われたとおっしゃるので」

「何、探索は無用だと……」

「へい、金谷の旦那も悔しがっていやした。あっしが竹蔵さんを捜していたのは、その事を伝えるためもあったんです。もう調べは終わったと……」

「……」

「そんな顔で見ないで下さいやし、あっしだって悔しい。ですから、金谷の旦那にも内緒で、こうやって事のついでを装って調べているんです」

「そうだったのか……」

と清七は頷いた。頷きはしたが、疑惑は深まるばかりだった。

竹蔵の話の中で、銀作が花瀬で聞いた見知らぬ客の言葉の中に、普請方という言葉があったと聞いているが、銀作が殺され竹蔵が襲われたこのたびの事件は、つまりはそういう幕府の人間が関わっているという事なのだろうか。

「じゃ、あっしはこれで……」

寛七は帰って行った。その背を見送った清七が、もう一度あの屋敷に視線を投げた時、坂の上に植わっている松の木に隠れるようにして、屋敷をじっと見ている武士の姿が目に入った。

まだ若い武士だと思った。黒っぽい小袖に焦げ茶の裁着袴《たつつけばかま》、頭には網代笠《あじろがさ》を柿渋でぬったものを深くかぶって人相を隠している。その立ち姿からは、張り詰めたものが伝わって来た。

——何者だ……。

清七が見詰めていると、その者も清七に気付いたらしく、ふわりと土手の向こう側へ姿を消した。

「………」

これは単なるゆきずりの事件ではない。

清七は底知れない不気味さを感じはじめていた。

六

その頃、与一郎と小平次は、東堀留川に掛かる和国橋《わこくばし》に立っていた。

二人は大きな紙を腕に掛け、小筆を持って辺りを見渡している。

橋を渡ってくる者たちが二人の腕にある紙の墨のあとを覗いて、小首を傾げる者もいれば、中には訊ねてくる者もいる。

訊ねてきた者には、切り絵図を作っているのだと説明するのだが、皆興味深げに関心を示し、怪しむ者はいない。有り難いことだ。

確かに二人が持つ紙には、既に調べ上げた道や町が書き入れられているのだが、この橋に立っているのは、そこから見える上総屋という材木問屋を見張るためだった。

上総屋は、堀に面した場所に店を構えていた。すぐ目の前の河岸地には材木が積み上げられている。ただ、主たる材木の集積場は、今は深川に移しているらしい。

上総屋に出入りする者の動きを観察しながら、二人はしばらく橋の上に立っていたが、不審に思われないために一度橋を下り、そこから東北東に延びている杉《すぎの》森新道《もりしんみち》、またの名を稲荷新道と呼ばれている路に入った。

この新道に入る角に、享保の時代に白子屋という材木問屋があった。江戸を騒がせた『白子屋事件』が起きた場所だ。

白子屋の娘お熊が、母の常や不義の相手だった手代の忠七と計って夫を殺害しようとして失敗、当時の町奉行大岡越前守に裁かれた事件である。

母の常は遠島、何も知らなかったとはいえ父親は所払い、情夫の手代忠七は引き回しの上獄門、手を貸した女中二人は死罪、当の本人お熊は引き回しの上死罪という厳しい処分を受けたのだった。

百年も前の話だが、その場所はまだ空き地になっていて、何も知らない子供達が駆け回って遊んでいたが、上総屋の店とは、そう遠くないところにあった。

「芝居は見たことがある。娘の名は芝居じゃお熊じゃなかった、お駒だったな」

与一郎が空き地の前を通り過ぎながら呟くと、

「まったく、おぞましい女がいるもんだ、せいぜい気をつけるんだな」

小平次が言った。

「何言ってんだよ、人ごとじゃないだろ」

二人は、杉森新道から北に抜ける石新道まで来たところで立ち止まった。石新道をやって来る大勢の道場帰りの若い武家の子弟たちに行き会ったからだ。

「この先に道場があるのですか」

与一郎は、嬉々として歩いて来た、十五、六歳の少年に訊いてみた。

「はい、千葉先生の道場です。北辰一刀流です」

「千葉周作先生の……」

「いえ、千葉定吉先生です」

「周作先生の弟さんの道場だな」

与一郎が物知り顔で言った。

「はい、そうです」

少年は歯切れの良い返事をした。にこにこ笑っている。今が一番楽しいという顔だ。

少年は礼儀正しく頭を下げると、仲間達とわいわい言いながら杉森新道を東に向かって帰って行った。

新大橋西側の地には武家地が拡がっている。おそらくそこの子弟だろうと二人は思った。

「行こうか」

二人はくるりと踵《きびす》を返して、また堀端通りに引き返した。

長い時間上総屋の店から離れる訳にはいかなかったのだ。

「おい」

堀端通りに出てすぐに、与一郎は小平次の袖をひっぱって物陰に隠れた。

店から番頭の久造が出て来たのだ。

「行っていらっしゃいませ」

丁稚が久造を見送った。

これからどこかに出かけるらしい。二人はつかず離れずあとを追った。

久造は店を出ると、堀留に向かって歩き、伊勢町を過ぎると室町筋の大通りに出た。

この通りは、御府内でも最も賑やかな通りである。軒を連ねている店は人気の店ばかりで、どの店に入っても外れというものがない。路上には小売り店があちらこちらに出店し、大道芸人もいるし、托鉢にまわる坊さんの姿もみえる。

むろん人通りは多く、着飾った商家の女たちが行き過ぎると思ったら、挟箱を中間に持たせて行く武家の姿もある。

田舎から出てきた者は、この光景を見るだけでも楽しいし退屈しないだろう。いや、江戸に暮らす者だって例外ではない。

ところが久造は、何か思い詰めた表情で前を見据え、脇目も振らずに急ぎ足で行く。

「商いに行くんじゃねえな」

小平次が言った。

案の定、久造は今川橋から鎌倉河岸へ、そして神田橋御門の北側にある武家屋敷のひとつに入った。

与一郎が急いで切り絵図を出す。

「これだ……谷田部貞勝《やたべさだかつ》の屋敷だ」

「谷田部貞勝、何者だ……」

二人は顔を見合わせた。

「何、勘定奉行の屋敷に入って行ったというのか、番頭は……」

清七は、与一郎と小平次の報告を受けて驚いた。

父親が勘定組頭の一人だけに、ひときわ気持ちが大きく動く。

「実は俺もな……」

清七は、花瀬で聞いた女将の話、亀井町で会った岡っ引の話などを二人に聞かせた。

「勘定奉行と材木問屋か、きな臭い話だ」

茶の間で三人が話していると、藤兵衛がおゆりに手を引かれて奥から出て来た。

「親父さん、遅れていてすみません」

与一郎は、ちらと広げてある切り絵図に視線を遣った。まだ制作途中の切り絵図だ。

「仕事のことは私に謝る必要はない。この店の主は清七だ。店がたちゆかなくなっても、ますます繁盛して大きくなっても、表に立つのは清七だ。それより今の話だが、おまえさんたち三人の手におえる事件じゃないな」

三人はその言葉に押し黙った。

「勘定所というところは幕府の要《かなめ》だ。握っているのは財政のことだけではない。ありとあらゆる政策が勘定所の決裁によって行われるかどうかを決められる。それほど大きな権限をもっているところだ。そこの、頂点に立つ勘定奉行に繋がりがあるとなると、関わりにならぬほうが賢明だな」

「親父さん、勘定奉行というのは、何人いるんですか、一人ですか、二人ですか」

訊いたのは小平次だった。

「現在は四名だな。二名が勝手方、二名が公事方《くじがた》だ……つまり、最高の裁判権まで持っているのだ。紀の字屋ごときでは歯がたたん」

「悔しいな……」

小平次が言った。

「それじゃあ、下々の者は、お武家の勝手で殺されようと泣き寝入りってことじゃありませんか」

「まったくだ」

与一郎も相槌を打った。

「まだはっきり分かった訳じゃあないけれど、親父さん、これまでの調べでは、花瀬で話していた内容は、誰かを殺すという話でしょう。銀作さんはそれを聞いたんだ。だから殺された訳だが、そんな事を放っておいていいのですかね」

与一郎は怒りがこみ上げている。

「お前達は町奉行所の者でもない。徒目付《かちめつけ》でもない。お庭番でもない。ただの切り絵図屋だ」

「親父さん……」

与一郎は苦笑いを浮かべた。

「覚えておくんだな。世の中のことは、全て白黒つけられる訳ではない。いつも正義が勝つ訳ではない。むしろその反対のことが多いのだ。そんな事にいちいち憤っていたら体がもたんぞ」

「親父さん、親父さんは、ずいぶん割り切ってものを考えられる人なんですね。私は少し心得違いをしていました」

与一郎は頬を膨らませた。

「与一郎」

制したのは、清七だった。

「親父さんのいう通りだ。ただ俺は、竹蔵さんの命だけは守ってやりたい」

「そうだな、竹蔵さんが元気で江戸を離れるまで、守ってやることだ」

小平次が頷いた。

すっきりとはしなかったが、藤兵衛の話に得体の知れない真っ黒い大きな山のような怪物を見たような思いだったのだ。

「清さん」

その時だった。店の方から庄助がやって来て言った。

「お伝えします。今日のお昼過ぎに竹蔵さんが宿に帰りました」

「あら、桂先生のところに行ったんでしょう」

おゆりが言った。おゆりは竹蔵に頼まれて町駕籠を呼んでいる。

姿を見せたらまた狙われるかもしれない。傷がすっかり良くなるまでは、紀の字屋でじっとしているように言ってあったのに、竹蔵は気をつかったのかもしれない。

「危ないな」

藤兵衛が言った。

「小平次、与一郎、もう絵図にかかってくれ」

清七はそういうと、一人で店を出た。

七

竹蔵は見世物小屋の中にいた。

店じまいも近い頃合いの小屋の中で、関羽の細工に異常がないか点検している。異常なしということなら、これで今日の小屋は閉めるのである。

つい先ほどまで客が小屋の中に押し寄せていて、足の踏み場もないような状態だった。

小屋は日が暮れたら閉めることにしている。

小さな小屋なら無数の百目蠟燭を立てて興行できるが、繊細な籠細工の良さを見てもらおうと思うと、百目蠟燭を何本立てたって、すっきり見える訳ではない。

「金儲けの事より、細工のすばらしさを見て貰うために作ったのだ。少々売り上げが落ちたっていい、納得するものを見せたい」

亡くなった銀作は、他の小屋が夜の五ツまで興行するのに、関羽の見世物だけは、日の明るい昼間だけと決めたのだ。

それが結局功を奏したのかもしれない。お客は増え、毎日六千人強の見物客を呼んでいる。

「竹蔵さん、大丈夫です」

点検の作業をしていた五人の男が、竹蔵に走り寄ってきて言った。

「じゃあ、また明日やな」

竹蔵は皆の労をねぎらうと、提灯を持って小屋をあとにした。

肩の傷はまだ治っていないが、今日から馬喰町の宿に泊まると決めている。いつまでも紀の字屋に厄介になる訳にはいかないと思ったのだ。

なにしろ竹蔵には、これからやる仕事が多かった。

銀作が殺されてしまった事で、これからの興行は、すべて自分の肩に掛かっている。助けが必要だった。そこで大坂に向けて飛脚便を送ったのだ。

手を貸してくれそうな者に今後の助力を乞い、大坂筋に残している銀作の弟子たちにも、上方への移動に人手を送ってくれるように手紙を書いたのだ。

そうしてから、竹蔵は馬喰町の宿へ向かった。

竹蔵は四方の闇に神経をとがらせた。一人で歩いていると襲われた時の事を思い出す。

今さらながら、先輩の銀作を失った心細さが身にしみた。急ぎ足で初音の馬場を通りかかった時だった。

馬場の右手の土手から一人の男が竹蔵の行く手に下りてきたのが見えた。

竹蔵は、ぎょっとした。

辺りを見渡したが他に人はいない。

「この間は失敗したが、今日は命を貰う」

なんと男は腰の刀を抜いた。

「ひえっ」

引き返そうと踵を返したが足が思うように動かない。転んでしまった。

提灯が燃え上がる。その光の中で這うようにして戻ろうとする竹蔵の背後から、男は走って来て、刀を振り下ろした。

「あっ」

竹蔵は目を瞑《つむ》った。

これで終わりか、そんな思いが頭をかすめた。

だが、その時、竹蔵の頭の上で、振り下ろされた刀を跳ね返した人がいた。

「何やつ！」

男の声が聞こえたが、どさりと音がして、ぎゃっという悲鳴が聞こえた。

竹蔵は恐る恐る目を開けて起き上がった。

「大丈夫か」

竹蔵のもとに走って来たのは清七だった。

清七は手に木刀を持っていた。

「良かった、無事だったか……」

もう二人、駆け寄ってきた者がいる。寛七と寛七の手下の若い男だった。

「すまないが、その明かりを貸してくれないか」

清七は寛七の手下に提灯を借りた。

倒した男の側に腰を下ろし、その男の顔を照らした。男は浪人だった。

「あっ」

思わず小さな声を発した。

「知っている者ですか」

寛七が訊いてきた。

「あの屋敷にいた浪人です」

「あの屋敷というと……亀井町の？」

清七が頷くと、

「清七さん、この男はあっしが連れて行きますぜ。竹蔵さんを襲った、それだけは間違いがねえ」

「もちろんだ」

清七は提灯を寛七に渡すと、浪人の半身を起こして活を入れた。

気付いたところを、寛七の手下がすばやく縄を掛ける。

「立て、立つんだ」

寛七の手下は、男を引っ張り上げて立たせた。

「歩くのだ」

背中をこづかれた浪人が、振り返って清七を睨んだ。

「番屋でなにもかも吐いてもらうぜ」

寛七が言った。

「よし、俺も一緒に番屋までつきあうぞ」

清七が言った。寛七は笑って返した。

「こちらは大丈夫です。それより、竹蔵さんを頼みます」

寛七はそう言うと、浪人を引っ立てて番屋に向かった。


「何、また忠吉は休んでいるのか」

翌日店に入るなり、清七は庄助に聞き返した。

「はい、なんでもおっかさんの具合が悪くて、お金をつくらなくちゃあならないなんて言ってました」

「お金を……」

「はい、家にある筆を売り歩くんだって」

「いくらいるって言っていたのや」

竹蔵が聞き返す。

竹蔵は昨夜は清七の長屋に泊まった。

流石《さすが》に二回も襲われれば一人で居るのは怖い。それで清七と一緒にまた紀の字屋へ戻ってきたのだ。

「おっかさんは熱を出しているようです。お医者にも診せなきゃならないし、元気がつくものを食べさせたいって、でも銭がないって」

庄助は気の毒そうな口調で言った。

前回忠吉をなじっていたのとは大違いで、年下の忠吉を案じている。

「わたくしに話してくれればなんとかしましたのに、庄助さんに休みたいって伝えて、すぐに帰ってしまったようなんです」

おゆりが奥から出て来て言った。そうして竹蔵には、

「良かったこと、無事だったのね」

ほっとした笑みを送った。

「すみません。やっぱり縫った糸が抜けるまであと二日、お世話になります」

おゆりに頭を下げてから、竹蔵は清七に言った。

「あっしを忠吉の長屋に連れて行ってもらえまへんか。金ならあります」

竹蔵は胸を叩いた。

「いや、俺が様子を見てくる。竹蔵さんはここでじっとしていてくれ」

「それならあっしからの見舞いの金を渡して下さい。お願いします。あっしはあの子が銀作兄貴の倅じゃねえかと、まだ思ってます。怪我をして数日このお店で、忠吉の働きぶりを見ていやした。大坂にいる兄の松吉にそっくりのところがあるんですわ。命を狙われるような事がなければ、あっしはこの足で忠吉のおっかさ

んに会いに行ってたと思います。そやからせめて、あの子の役に立ってあげたいんです」

竹蔵はむりやり、清七に一両の金を託した。

清七は与一郎と小平次への言づてをおゆりに頼むと、紀の字屋を出た。

日本橋に足を掛けたところで、向こうからやってくる寛七とその手下が目に入った。

「今、紀の字屋さんに行くところでした」

寛七も気付いて近寄って来た。

朝の日本橋の喧騒は格別だ。三人は橋の袂の高札場《こうさつば》の隅に移動した。

「清七さん、やつは死にましたよ」

寛七はいきなり言った。昨夜の浪人のことらしい。寛七は無念そうに唇を嚙んでいる。

「何、なぜ死んだんですか」

「夕べは番屋にくくりつけて帰ったんですが、今朝金谷の旦那と番屋に行ってみると、奴は死んでいたんです。殺されたんです」

「殺された……」

「何者かは分からないんですが、夕べ遅く、つまりあっしが番屋を出たあとのことですが、知り合いだという町人が差し入れを持ってきたというんです」

「……」

「差し入れは、寿司でした。それで番屋の者は、今朝その寿司を出してやったんです。そしたら、まもなく血を吐いて亡くなったと……」

「寿司を持ってきた男の名は分かっているのですか」

「それが訊いてなかったんですよ……口封じでしょうな」

「そうか、何か分かるかと思ったんだが……」

「あの、亀井町の屋敷を誰が借りているか、それが分かれば、と思っているんですがね。あの浪人には、それだけでも聞き出そうと思っていやしたのに残念です。ですがあっしは諦めた訳じゃあねえ、ガキの頃から、それは駄目だとか言われるとよけいにやってやろうって思う質《たち》でしてね」

にやりと笑うと寛七は続けて、

「いえ、今日明日にどうっていう話じゃありやせんや。いつかって気持ちですよ。ですから竹蔵さんにも、そのこと伝えてくれますか」

「分かりました」

ていた。


「じゃあ」

寛七は手をひょいと上げると、去って行った。

清七は寛七の背を見送りながら、寛七が探索に立ち向かう姿勢に心を動かされていた。

八

「これは、清七郎さま、すみません。こんなむさくるしい……」

おみねはそこで激しく咳をした。

「そのままでいい、それより医者に診せたんですか」

清七は上にあがって、おみねには体を横にするよう手を添えた。

「風邪ですから、置き薬を飲んだところです。すみません、それなのに忠吉は大げさに騒いで、また紀の字屋の皆さんにご迷惑をおかけして」

「そんな事はいいのだ。忠吉はどこに行ったのだ」

清七は見渡した。部屋の奥には、かつての商売にしていた筆の箱が積み上げられている。忠吉は紀の字屋の店の中にも筆を置いているのだが、思ったように売れていなかった。

目を台所に移すと、火の気の無い冷え冷えとした竈《かまど》の上に、羽釜が乗っていたが、以前に清七が訪ねてきた時と同じく、殺風景な台所だった。

米びつの箱の蓋が開いている。清七は立って行って箱の中を覗いた。米粒が箱の底に散らばって残っているだけで炊く米はない。

紀の字屋では忠吉に給金を出してはいるが、親子が暮らすには足りない筈だ。

しかし、まだ小僧丁稚扱いの忠吉には、これ以上給金をはずむ訳にはいかない。大店などでは丁稚小僧に給金などはない。食べさせて貰って節季に小遣いを貰うのが関の山だ。

「お恥ずかしいことです。寒い時には足が痛んで、私が働きに出られないものですから」

おみねは、清七の背中に語りかけて、また咳をする。

「忠吉は筆を売りに出かけたのだな」

清七はおみねの側に戻って訊いた。

「申し訳ありません。紀の字屋さんで頂くお給金のおかげで食べることには不自由がないのですが、昔の借財が少し残っているものですから、私がこうして病気でもすると、すぐにこういう事になってしまって」

おみねは言い訳をした。

清七は頷くと、財布から一両を出し懐紙の上に置いて、おみねの布団の側に滑らせた。

「これは……」

おみねは半身を起こした。驚いている。

「それは紀の字屋からの見舞いだと思ってくれたらいい。そしてこちらは……」

こちらの一両も、懐紙の上に並べて、

「籠細工師の竹蔵さんからです。おっかさんが早く元気になるように、忠吉に渡してほしいと頼まれました」

「すみません」

おみねは、袖を目に当てた。

この長屋に来るまでは、飯田町で多くの奉公人も使っていた女将さんだ。零落して人から同情されることに、有り難いと思う反面、情けない思いをしているのかもしれない。

清七も幼い頃に、貧しい暮らしの中で、母がこっそり泣いていたのを見たことがある。おみねの姿は母のその時の姿と重なる。

「遠慮はいらないぞ、治療代が足りなければ言ってくれたらいい」

「清七郎さま」

おみねは涙を拭うと、ひとつお尋ねしたい事がありますと言った。

「この間殺された銀作さんて人には、忠吉という子供がいたらしいですね」

「忠吉から聞いたのか」

「ええ、それでやっと分かったのです。なぜあの子が、捨てられていた場所を訊いたのかと……」

おみねは言って、また咳をする。

「おみね、その話は今度にしよう」

「いいえ」

おみねは息を整えると、今お聞きしたいのだと言った。

清七はひととおり竹蔵から聞いた話をした。

「ただ、忠吉の場合は、捨てられていた場所が日本橋だ、それに、銀作さんの倅は、住吉のお守りをつけていたようだから、忠吉ではないぞ」

「……」

おみねの顔色が変わった。

「どうしたのだ」

「お守りをつけていました。住吉のお守りを」

「何……」

「あの子は知らないのです。なにしろ三歳でしたからね。お守りの中には、天保九年五月生、忠吉とありました」

「………」

清七は、思わぬ話に驚いた。

「ただ、そのお守りは、店を焼いたあの火事で焼けてしまいました」

「そうか……」

清七は掛ける言葉が無かった。

おみねも次の言葉を出しかねている。

沈黙がしばらく続いた。

やがておみねが、大きく息をすると、静かに言った。

「血は争えないんですね。あんなに籠細工に夢中になって、この子は一体どうしたのかと思っていたんです」

「……」

「清七郎さま、私、忠吉に話します。大坂に行く気持ちがあるのなら、そうさせてやります。大坂に行けば、あの子はこんな貧しい暮らしをしなくてもすむんですから」

「おみね……それでいいのか、一人になるぞ」

「十歳になるまでは、いつかそういう日の来ることを覚悟して育てていたんですもの……」

言ったおみねは、ほろほろと涙を零《こぼ》した。

その時だった。

戸が開いて忠吉が入って来た。忠吉は背中に筆を入れた風呂敷包みをしょっていた。

その荷物をしょったまま、忠吉は言った。

「貧しさがなんだい、おいらは大坂になんかいかねえぜ」

「忠吉……だっておまえは銀作さんの」

おみねが叫んだ。

「聞きたくないよ、そんな話」

忠吉はつっけんどんに言うと、上がり框に荷物を置いて踵を返した。

「どこに行くんだい」

不安そうなおみねの声に、

「筆が売れたんだ、往診を頼んでくるよ」

忠吉は背中を見せたままで言い、外に出て行った。

清七は、荷物を上がり框に置いた時に、忠吉の目に水泡が膨れあがっていたのを見逃しはしなかった。

今ごろ忠吉は、きっと拳で涙を拭いているに違いない。

清七には、歯を食いしばって歩き始める忠吉の姿が目に見えるようだった。


数日後のこと、寛七が紀の字屋にやって来た。

「清七さん、やられましたよ」

寛七は店の上がり框に腰を据えると、苦い顔をして言った。

「やられた……」

怪訝な顔で訊き返した清七に、

「へい、上総屋の番頭です」

「何、また殺されたわけではないでしょうな」

「大川に入水したんです。自殺です。遺書も残っていましたが、あっしは殺されたのだと思っていやす」

「……」

「清七さんもお気づきだったと思いますが、番頭の久造は、あっしも一連の事件に関わりがあると見ていやした。花瀬の一件、それに番屋に毒入りの寿司を届けて竹蔵を襲った浪人を殺した一件、あっしは久造がからんでいると睨んでいやした。とらえて締め上げなかったのは、町奉行所が手を引いたということだけではなくて、そのうちに久造を指図している奴をあぶり出せると思ったからです。上総屋ですよ、上総屋の主の動きを見てみたかったんです。ですがこれで大事な証拠がひとつ消えました」

寛七は無念そうに言った。

「遺書にはなんて書いてありました」

「それが、肝心なことは何も……近頃気持ちが塞いで生きる気力を失ったとかなんとか……」

——手強い相手だ。

か。

藤兵衛の言った通り、とても岡っ引や清七の手に負える事件ではないという事

と清七は思った。

清七の気持ちは晴れなかった。

ただ、これで、銀作殺しや再度の竹蔵襲撃事件に幕引きをしたのだろうと思った。久造さえ始末すればまずは安心、あとは藪をついて蛇を出すような愚かなことをせず静かに様子をみようというところか。

案の定、その後竹蔵は馬喰町の宿に戻ったが、危険な目に遭うことはなかった。

傷もすっかり癒えた竹蔵が、見世物小屋を畳んで江戸を出立したのは、春の雨がしばらく続いて、ようやく晴れた今朝の事だった。

竹蔵は、紀の字屋に立ち寄って皆に礼を述べた。そして、

「忠吉、一度大坂に遊びに来ないか」

忠吉を誘った。だが忠吉は、

「一人前の商人になったら行くよ。その時には、おっかさんも連れてな」

笑顔で答えた。晴れ晴れとした顔をしていた。

住吉のお守りのことは、あのあと竹蔵の耳にも入っていたが、竹蔵は、おみねと母子として暮らしたいという忠吉の気持ちを尊重し、あえてそのことを持ち出そうとはしなかった。

ただ、竹蔵は、

「銀作兄貴にかわってお願いしたいんですが」

改まって清七に頭を下げた。

忠吉が大人になって、何か商いでも始める時には、是非知らせて貰いたい、竹蔵はそう言ったのだ。

竹蔵たちは、江戸の人達に見送られて旅立って行った。

両国は火の消えたようになったという人がいるが、梅雨が明ければ回向院《えこういん》で全国の物産展とご開帳が始まる。

また賑やかになりそうだった。

「やっと雨があがったんだ、うんと売るよ」

忠吉は朝早くから店の表に切り絵図を持って立った。

「さあ、どちらさまも、切り絵図はいらないかい……一目でよく分かるよ、目指すお武家屋敷はどこか……桜の名所も描いてあるよ」

声をしばらく張り上げると、今度は与一郎が描いた女姿図を取り出した。

「さあて、この絵をご覧下さい。江戸百景女絵姿、何茶亭永春《なんちゃっていながはる》の作でございます。まだ荒削りのところがありますが、将来有望な絵師の作でございます。先ほど紹介した切り絵図を描いている絵師でございます。さあてお買い得、お買い得だよ！」

忠吉の周りには、人が集まり始めた。

「なんだよ、誰がなんちゃってい永春だよ」

与一郎が、筆を口にくわえて奥から出て来た。

「いいじゃねえか、おめえにぴったりの雅号じゃねえか、うめえもんだよな、忠吉の命名は」

小平次の言葉に、清七も庄助も笑った。特に庄助は腹を抱えて笑ってから、

「夕べ一晩考えたんだって……うまいよね」

「まったくだ。与一郎、お前の絵なんて、ああして忠吉が売ってくれなきゃ一枚も売れやしねえんだ」

小平次が、ここぞとばかりからかった。

「好きに言ってくれ」

与一郎は奥に引き返した。

「ふっきれたのね、忠吉さん」

おゆりの声だった。

振り向くと、おゆりが前垂れで手をふきながら出て来た。

「おっかさんも良くなったようだから、良かったこと……」

おゆりは清七と肩を並べて表で声を張り上げている忠吉を見た。

忠吉の声は、雨上がりで洗われたような江戸の町に響いていた。

第二話　飛び梅

一

柳橋の北方、大川沿に平右衛門町河岸地がある。河畔に沿って小料理屋や飲み屋などが軒を並べ、岸には船も着けるようになっている。

ここに、夜の五ツを過ぎた頃、一艘の屋根船が到着した。

船には障子を立て回している。中には灯がともり、武士らしき人影が映っているが、船を下りる気配はなかった。

船頭は船を岸に繋ぐと、障子の外から、

「それでは……」

中の人影に伺いをたてて飲み屋の方に小走りに消えた。

すると、それを待っていたかのように、一人の武士が船に近づき中に向かって

声を掛けた。すると、

「入ってくれ」

中から低い声が応じた。

男は滑り込むように、船の中に入った。

「お久しぶりでございます」

船に乗り込んで中にいた武士に挨拶したのは、まだ三十前の若い武士だった。

花色の小袖に焦げ茶色の袴、黒羽織には丸に桔梗《ききょう》の紋がある。肌は健康色で鼻筋の通った男だが、顔には不満を蓄えている。

「話を聞こう」

迎えた中年の武士は若い武士に座を勧めた。こちらは眉の濃い男だった。目もぎょろりと大きく、若い武士を見迎えた目は険しい。

「他でもございません。約束を果たして頂きたいのです。まさか殿さまはお忘れではないでしょうな」

若い武士は、問い詰めるような口調である。

「殿はそんなお人ではない。何をあせっておるのだ」

中年の武士は冷たく笑って躱した。

「いつまで待てばよいのかお聞かせ願いたい」

「そのうちにと申しておく」

「そのうちでは困ります。こちらは命を賭けてお手助けしました。どれほど危ない目に遭ったかご存じでしょう」

若い男は怒りを抑えられなくて中年の男を睨んだ。

「若い者はこれだから困る。実は熟《ほ》するまで待たなくては食えぬ」

「のらりくらりと、最後には約束を反故《ご》にすると申されるのではないでしょうな。これは私一人だけのことではない。私に協力してくれた者たちも首を長くして待っているのです」

「だからこそだ」

中年の武士は若い武士の言葉をさえぎると、

「前回も申した筈だが、信じて待ってもらうしかあるまい」

窘《たしな》めるように言った。

「黒沢《くろさわ》どの！」

「しっ」

黒沢と呼ばれた中年の男は、唇に指を当てて若い武士の言葉を制した。

「いいかな……まだ殿はお役についたばかりだ。それに、どうも不審な輩《やから》が殿の近辺を探索しているらしいのだ。その者たちの黒幕の正体を掴み、殿さまが名実ともに今の地位を固められたその時には、貴公のこともしかるべき処遇をされるはずだ」

「……………」

若い武士は、膝の上で拳をつくって黒沢を見た。その顔に、黒沢は一転して穏やかに言った。

「今が大事な時だ。われわれの尻尾を掴まれては元も子もない。いや、お家の改易はおろか、命さえも危うい。全てを賭けているのは貴公だけではない。殿さまも同じだ。むろんわしもだ。我らは一蓮托生、そのことをわきまえて貰いたい」

黒沢は、ふところから袱紗《ふくさ》に包んだものを出して若い武士の前に置いた。

若い武士は袱紗の中を改める。

切り餅ひとつ、二十五両が入っている。

「これで今しばらくしのぐように伝えてくれ」

黒沢の言葉に、若い武士は黙って切り餅を袂《たもと》に入れたが、顔を上げて黒沢に念を押した。

「ひとつだけ申しておきます。私との約束を反故にしたなら、きっと天誅が下りますよ」

「天誅……どういう意味だね」

「蟷螂《とうろう》の斧《おの》を振ってみせる覚悟があるということです。泣き寝入りはいたしません」

「………」

黒沢は一瞬怯《ひる》んだ。若い男の顔には、並々ならぬ憤りが渦巻いている。しかもその憤りの裏には、手の内はすべてこの手に握っているといった自信が見える。

——油断できない男だ。

と黒沢は睨み返した。

従順で凡庸な男だと思っていたが、この目の前の男は、意外にしたたかで、大胆な男らしい。

ひとつ間違えば、刺し違えてでも……といったぴりぴりしたものが窺える。

「物騒なことを申すでない。約束する。必ずだ。だから今少し待ってほしい。これが殿さまのお言葉だ」

二人は、ほんのしばらくだが、じっと互いの顔を見た。

呼吸にして二つか三つ、若い男は視線を外すと無言で一礼し、するりと船を出て行った。

「まあ……」

冴那《さな》は感歎の声を上げると、切り絵図から顔を上げておゆりの顔に微笑んだ。

「いかがですか？」

ちょっぴり得意げなお茶目な顔で、おゆりは訊いた。

「美しいわ、これまでの江戸の地図は一色刷でしょ。それに実測で描いてあるから、ちっとも楽しくない。でもこれなら、女子《おなご》のわたくしなどでも良く分かるもの。これを片手にお花見にでももってつい浮かれた気分になりそうじゃない？」

冴那は膝の上でぐずる娘の都留《つる》を、抱きかかえたりなだめたりしながら、その目は切り絵図に奪われたようだった。

「今は日本橋の北側の絵図にかかっているんです」

「じゃあ、それも出来上がったらお願いしますね」

「はい、確かに承りました。結構売れ行きがよくって、近頃ではお客さまをお待たせするようなことが多いのです」

「結構なことじゃないですか」

「ええ、まあね、お客様あっての紀の字屋ですもの」

「百合《ゆり》さん」

冴那は、くすくすと笑った。

「まさかあなたが、『紀の字屋』さんでお暮らしだなんて、あの百合さんがと思うと、不思議な気がします」

「あなただって、あのお転婆娘が今では一児の立派なお母さまになって、あなたの方がもっと不思議なことでしょう」

「ほんとね」

二人は、声をたてて笑った。

百合と冴那は、麴町《こうじまち》にある寺子屋で知り合い、ずっと親友としてつきあってきた仲だった。

ただ、百合の家がお取り潰しになってからしばらく、紀の字屋に引き取られるまでの間、二人は音信不通だった。

また元のようなつきあいに戻ったのは、ここ二年ほどのことである。

百合は、紀の字屋ではおゆりと呼ばれていて、藤兵衛《とうべえ》の世話をしながら店も手伝っている事を、正直に冴那には話している。

かつての許嫁《いいなずけ》の伊沢初之助《いさわはつのすけ》から酷い目にあった事も隠さず話していて、清七《せいしち》という新しく店の経営を差配する人のもとで店を手伝えることの楽しさも折にふれて打明けている。清七の名を口にする時のおゆりの眼の輝きが冴那に伝わらない訳はなく、

「清七さんて、ご浪人だったんでしょ」

冴那は今日も興味津々で、清七のことを尋ねた。

「ええ、でも本当は、長谷《はせ》様っておっしゃる御勘定組頭の方がお父上さま」

「なんですって、御勘定組頭ってあなた……それなのに何故浪人なんかになったんですか」

「事情がおありのようなのです。それでお屋敷をお出になって」

「まあ……それにしても、御勘定組頭なんて、それなら夫の上役です」

「あら、そうでしたか」

おゆりは驚いた。

そういえば、冴那の父親は御勘定所勤めだった筈だ。冴那は家付き娘で養子を貰って坪井《つぼい》の家を継いでいる。

だから冴那の夫も御勘定所に勤めていても驚くことはない。

「冴那さま、旦那さまがお帰りでございます」

女中が部屋の外から声を掛けてきた。

「じゃあわたくしはこれで」

遠慮して立ち上がろうとしたおゆりを、冴那は制した。

「夫に会って行って下さい、初めてでしょ」

にこりとして言い、都留を女中に預けて玄関に向かった。どうやら夫の自慢をしたいらしい。

なにしろこの二年の間に、おゆりは数回この家を訪ねて来ているが、冴那の夫に会った事は一度もなかった。

冴那から度々のろけ話を聞いているおゆりである。一度は会ってみたいと思っていたからいい機会だと、冴那が玄関に向かった間に、おゆりは廊下に出て冴那たちが戻って来るのを待った。

「おとうたま」

可愛らしい都留の声が玄関ではじけるのを耳にしながら、おゆりは、部屋の外の庭から、こちらに向かって枝を伸ばしている梅の木を眺めた。

まだ蕾《つぼみ》が多かった。ほころびている花も五分咲きというところだろうか。それでも清廉な香りがほのかに漂って来る。

——なつかしいこと……。

家が断絶になる前にも一度ここに冴那と座って、満開の白梅を眺めたことがあった。

その頃はおゆりの家も何の波乱に見舞われることもない平穏な時代だ。今から考えると夢のように幸せな頃だったのだ。

冴那の方も母親が健在で、その母親が、おゆりと冴那に甘酒やら団子やらをせっせと運んでくれたものだった。

ところがその母親も今は亡くなり、父親も隠居している。そして娘の都留が生まれて、坪井家も新しい世代のたたずまいを見せているのである。

しみじみと昔を思い出していると、廊下を強く踏みしめる足音がして、冴那の夫が近づいて来て立ち止まった。

「百合と申します」

手をついておゆりは挨拶をした。

「いつも冴那が世話になっているようですな」

凜とした声で言い、おゆりを見た。

「いいえ、わたくしの方が頼りにさせて頂いております」

おゆりは顔を上げた。そして冴那の夫の顔を見た。

背が高く鼻筋が通ったいい男である。ただ、目尻がきゅっと上がっていて、頭は切れそうだが少し気性の激しい人のように見受けられた。

この男、冴那の夫は、おゆりは知らない事だが、数日前に平右衛門町の河岸地に停泊した船に乗り込み、黒沢という武士に詰め寄った、あの若い武士だった。

冴那もむろん、そんな事は知るよしもない。夫の後ろから、おゆりに微笑んでいる。貞淑な妻の姿だった。

結婚する前には、一人娘ゆえの我が儘が少し過ぎるように感じる時もあったのだが、冴那は昔の冴那ではなかった。

「少しお待ち下さいね。夫の着替えがすみましたら、すぐにもどりますから」

冴那はおゆりに言ったが、

「父上、ただいま戻りました」

冴那の夫が、いきなり廊下に膝を落として庭に向かって挨拶をした。

いつの間にか庭の梅の木の下に、冴那の隠居した父親坪井庄兵衛《しょうべえ》がいた。

「ふむ、平次郎《へいじろう》どの、あとでわしの部屋に来てくれんか」

庄兵衛はおゆりに軽く会釈をすると、難しい顔で婿に告げ、すたすたと向こうに歩いて行った。

隠居所は奥にあるらしい。

庄兵衛が庭から消えると、平次郎も立ち上がった。だがその顔色は冴えなかった。

なんの問題もないようなこの家にも、何か屈託があるのかと、おゆりは部屋に着替えのために向かった冴那と夫を見送りながら思った。

二

「米沢町というのは、なんでそういう名がついたのか教えてやろうか」

おためと名乗った中年の女は、里芋の皮をくるくると剝きながら、与一郎と小平次を、ちらと見た。

おためは、ここ米沢町二丁目の八百屋『万年屋』で、芋やごぼうの皮剝きをして日銭を稼いでいる女である。

店の入り口近くで股を開いて腰掛けて、大きな前垂れをして一人で無心に皮を剝いているのだが、米沢町の成り立ちなどを誰かに聞いてみようと二人が通りかかったところ、面白い話はいっぱいあるよ、などと言って呼び止めたのだ。

「いいかい、この辺りは古くは寺地だったんだ。それが正保の頃に米倉が出来てさ、当時は矢の倉と呼んでたらしいよ」

おためは得意そうにしゃべり始めた。

「ところが元禄十一年に大火事があってね、米倉は移転し、その跡に武家地と町地ができた訳さ。だから米沢町と呼ばれるようになったのは、その頃からと聞いてるよ」

「分かってる。その話は、俺たちが持ってる史料にも載っているんだ」

小平次が言った。なんだそんな話かと小平次の声音には落胆が見えた。

するると、すぐさまおためは、

「面白い話はこれからだよ、これは、あんたたちには調べたって分からない話さね」

包丁で二人を指した。

「危ないよ、怪我をするよ」

与一郎が注意をすると、

「何もおまえさんたちの皮をむこうと言ってるんじゃないんだ。言っとくけどね、あたしゃ年がら年中、こうしてここで芋やごぼうの皮を剝いてさ、きれいにしてやって店に出してるんだ。もう八年にもなるよ。今の若い者は芋の皮ひとつ満足に剝けないいんだから、困ったもんだよ。いっとくけど、なまぐさな女房を貰っちゃ駄目だよ、一生の不作だね」

与一郎と小平次は顔を見合わせて笑った。だが、二人はそれを潮に立ち上った。いつまでもおためのおしゃべりにつき合ってはいられない、そう思ったのだ。すると、

「ちょ、ちょいと待ちなって、話はまだ終ってないだろ」

おためは二人の袖を引っぱるようにして止めた。

「この話はね、何年も前のことじゃないんだ、二年前かね、こういう話があったんだよ」

おためは、あっちの方を視線で指した。

あっちの方角は米沢町の一丁目で、そこに軒を連ねる一軒の米問屋の話だと言った。

その米問屋は『三国屋』という店だったが、今は『伊勢屋』に看板が変えられている。三国屋がなぜこの米沢町を去ることになったのか、妙な、不可解な話があるというのだ。

「分かった分かった、聞かせてくれ」

与一郎が言った。小平次も苦笑を浮かべて腰を落とした。

おためは気をよくしたのか、まるで内緒話でもするような顔を作ると、

「もう一度最初から話すとね、今は米問屋伊勢屋になってる店だが、その前は三国屋さんという店だったんだよ。三国屋の主で市兵衛さんという人はいい人でね、四年前大川が氾濫して、ここら辺りが水浸しになった時には、お役所から託されたお上の米を町の人に施すばかりか、自分の米蔵まで開いて炊きだしをしてさ、みんなから仏の市兵衛さんと呼ばれていたんだ」

ところが、おための話では、その後市兵衛が不正を働いた、川の氾濫を利用してひと儲けしたなどという噂が広まった。

耳を疑うような噂だったが、まもなく三国屋は、江戸十里四方追放となったのだ。

市兵衛をしょっぴいたのは、南町奉行所だった。

町の人たちは南町奉行所にお伺いを立てた。

なぜ市兵衛がお咎めを受けたのか不思議だったからだ。だが納得のいく答えは無かった。

「なにしろね」

おためは、芋の皮を剥く手を止めて言った。

「三国屋さんは百年も続いた老舗《しにせ》だった。けっして大もうけしようっていうような店じゃなかった。だからこそ、お上の御用をうけたまわるような米屋になれたんじゃないか。それが突然不正騒ぎだろう……聞いた町の人は頭がこんがらがった訳よ」

おためは、二人にもっと近くにおいでおいでと手招いた。

そうは言われてもおためのの足もとには芋の皮がうず高く散乱している。二人はほんの気持ちだけ近くによった。

するとおためは、辺りをはばかるようにして言った。

「本当は、三国屋さんを邪魔だと思ってた人の悪巧みさ、罠にはめたんだ。だってあの場所は一等地だからね。誰だって喉から手が出るほど欲しい筈だよ」

何もかも知った様子のおためである。

「すると何か、今暖簾を張っている伊勢屋が悪巧みの張本人ってことか……」

小平次が訊いた。おための話は身びいきが過ぎての妄想という気がしないでもないが、興味はひかれた。

「多分ね、この町の人達は陰ではそう言ってるよ。近頃はさあ、伊勢屋稲荷に犬の糞って言われるほど、伊勢屋伊勢屋の伊勢屋づくめ、伊勢屋の一族が江戸の町を買い占めるのじゃないかと、あたしら江戸っ子は、あんまりいい気分はしないからね。だから昔三国屋さんに米を買いに行ってた人も、今は別のところに買いにいってるって訳よ」

「なるほどな、いろいろあるもんだ」

小平次が感心して言った。

その時だった。職人風の中年の男が入ってきた。

「婆さん、柳原《やなぎわら》の土手で人殺しらしいぜ。細川さまのお屋敷の北側にある土手だ。婆さん、そこの白菜をくれ」

男は気ぜわしげにおために言った。

「婆さんじゃないよ、まったく。あたしが婆さんなら、あんたは爺さんだろ」

おためはやり返した。どうやら近所の顔見知りらしい。

おための白菜を渡しながら、男に訊いた。

「で……殺されたのはお武家かい、町人かい、男か、女か」

「お武家だってさ」

与一郎と小平次は顔を見合わせた。そしてそっと、その場を離れた。

まもなく二人は、殺しの現場がよく見える柳原の土手の上に立っていた。

だがよく現場は見えなかった。野次馬が取り巻いていたからだ。好奇心に誘われてやって来たが、

「帰るか」

与一郎が言った時、

「おい、あの岡っ引は寛七《かんしち》じゃないか」

小平次が声を上げた。

確かに寛七らしき岡っ引が忙しそうに動いている。

「あれ、清さんだ」

今度は与一郎が声を上げた。

清七が土手を下りて、現場に向かって歩いていくのが見えた。

「行ってみよう」

二人は頷きあって土手を下りた。

野次馬を退けて前に出ると、清七が武士の遺体の側に腰を落として寛七の話を聞いていた。

死体はまだ枯れ草の拡がる土手に仰向けに倒れていた。羽織袴の武士で、右手に刀を摑んだままだ。

誰かに額を斬り下げられたらしく、額から鼻にかけて深い刀傷を負い、目をかっと見開いていた。なにしろ顔は血で染まり、血を拭き取らなければ人相は分からないほどである。

寛七が手ぬぐいを水で濡らしてきて顔の血を拭き取った。そして見開いた目を、清七が掌を添えてつむらせた。

与一郎と小平次は、野次馬に背を押されながら突っ立っていた。

清七が武士の手から刀を取り上げて陽《ひ》の光に翳《かざ》して見た。

「刃こぼれがないな。抜くのがせいいっぱいで殺《や》られたらしい」

そして武士の額から鼻にかけての刀傷を指し、

「かなりの腕前の者ですね」

寛七に言った。寛七は頷いて、

「あっしは少し気になってます。籠細工師の銀作さんが殺された事件を思いだしやした」

「俺も、どうも太刀筋が似ていると考えていたところです。躊躇《ためら》いもなく斬り捨てた、そう見える」

「すると、待ち伏せしていたんでしょうか」

「おそらく……」

「さあて、どうするか……どこの御家中の者か判明すればよいのだが」

寛七は立ち上がって、

「おい、早くしろ」

戸板を持ってやって来た小者に言った。だがその時だった。

「お待ち下さいませ」

下男風の男が走って来た。そしていきなり、

「旦那さま！……旦那さま！……旦那さま！」

取りすがって武士の体をゆすった。

「もし、こちらはそなたの主なのか」

清七が訊く。

「はい、このお方は、坪井平次郎さまと申します」

「坪井平次郎さま……どこのご家中だ」

「御勘定所にお勤めでございます」

「御勘定……」

驚いたのは清七だった。

先だっての銀作殺しの一件で、深く関わっていた材木問屋の番頭久造《きゅうぞう》が、人目を忍んで足を運んだ先が勘定奉行の谷田部《やたべ》の屋敷だったのだ。

また、勘定組頭である父の長谷半左衛門が何者かに襲われたところに清七は居合わせている。その折に、勘定所を覆う不穏な影に、父は何がしかの心当たりがあるような言葉を吐いたのだ。

そのことと、今の事件が何か関わりがあるのかないのか分からないが、

――いったい勘定所に何が起こっているのだろうか。

清七は黒い雲に包まれていくような気がした。

「夕べお出かけになったままお帰りにならないものですから、案じていたところです」

「行き先は……」

「存じません。奥さまにも黙ってお出かけになったようです。今朝になって心当たりの知人にお尋ねするために、こうして出歩いていたんですが、それがまさかこんな事になっていようとは……」

下男は手ぬぐいで涙を拭った。

その時、岡っ引を連れた同心が人垣を掻き分けて姿を見せた。

「辻斬りだな……」

同心は死体を改めることもなく断定した。

「これは野尻《のじり》さま」

寛七は頭を下げたが、同心の決めつけにむっとしたらしく、きっぱりと言った。

「どうして辻斬りだとおわかりなんですか」

「何、岡っ引のくせに口のきき方を知らんな。お前などに何が分かる。引っこんでおれ」

「探索してみなければ真実は分かりやせん」

「探索など無用だ。これは町方の関わる殺しではない。いいか、よけいな詮索は無用だ。身元は分かったのだ、屋敷に運べばそれでいいのだ」

野尻という同心は、寛七を無視して、自分の手下の岡っ引に、坪井という武士の遺体を屋敷に運ぶよう命令した。

「旦那、旦那は非番じゃありませんか。この月は北町が当番ですぜ」

寛七は嚙みつきそうな顔で野尻に詰め寄った。

「止めろ、寛七親分」

清七がそれを制した。

「嫌な野郎だな、まったく……」

戸板に坪井という武士を載せ、運んで行く野尻と岡っ引の背に、近づいて来た小平次が言った。

――おや……。

清七はその時、土手の上に不審な武士をとらえていた。

亀井町の拝領屋敷で見た網代笠《あじろがさ》を被った若い武士だった。

武士は野尻一行を見送っていた。

「どうしたんだ、清さん」

与一郎が声を掛けてきた。

「いやなに、ちょっとな」

言葉を濁して視線を土手に戻すと、もう侍の姿は消えていた。

三

紀の字屋ではこのところ、日本橋川の江戸橋東にある入堀《いりほり》（東堀留川と西堀留川）に架かる橋の名について悩んでいた。

開鑿《かいさく》は慶長年間だが、例えば西堀留川に架かる本船町《ほんふなちょう》と小舟町《こぶなちょう》を結ぶ橋は、六助橋とか海帯橋《あらめ》とも呼ばれていたこともあるようだ。現在は与一郎たちが訊いたところでは、荒布橋《あらめ》と呼んでいるようだった。

古い地図で見てみると、寛永図や明暦図ではしあん橋となっているし、そうなると現在小網町に架かっている思案橋はどうなのかと見てみると、わざくれ橋と地図にはある。

この時代は近隣の橋も同様で、あっちの橋の名でこっちの橋を呼び、こっちの橋の名であっちの橋を呼びと、ややこしい。

「あまり昔に拘《こだわ》らないほうがいい。この、今の時代にどう呼ばれているのか、それでいいのじゃないか」

腕を組んでいた清七が言った。

「分かった、ではそうしよう。東堀留川に架かる橋は、思案橋、親父《おやじ》橋、そして和国橋。西側が、荒布橋、道浄橋、伊勢町堀に架かる橋は、こちらは無名で、奥の橋が雲母《きらず》橋」

小平次が、ひとつひとつの橋を指で押さえて言った。

与一郎も納得して頷いた。

まだ調べは残っているが、これから与一郎が版下絵を仕上げて行く。

三人にお茶を運んで来たおゆりも、熱心に下書きに目を通した。

「楽しみですね、できあがりが……もう今から注文がたくさん来ていますから」

顔を上げて微笑んだ。艶のある透き通るような肌をしていると、清七はおゆりの頬を見て思った。その時だった。

「清さん、お客さんです」

庄助が店の方からやって来て顔を出した。

「誰だね」

「寛七親分です」

三人は顔を見合わせた。武士が殺された現場で寛七に会ってから三日が過ぎていた。

「庄助、ここに入ってもらってくれ」

清七が告げると、はいと言って庄助は店に戻った。

「これはどうも、お忙しいところを……」

まもなく寛七が入って来た。だが寛七の顔色は冴えなかった。

「この間の殺しのことですか」

清七が座を勧めると、

「さいです。こりゃまたどうも」

頭に手をやり、礼を言ってから、

「清七さん、あのお武家が殺された時、見ていたっていう夜鷹がいましてね。絶好の証人とばかり勇み立ったんですが、なんとこの一件も探索無用、触るなって上からお達しがあったようでして、まったく、清七さんに愚痴の一つでも聞いてもらいてえって思いやして」

憤懣やるかたなしの寛七である。

「そうですか、ひどい話だな」

「これじゃあ殺された坪井平次郎というお武家も浮かばれません」

寛七が深くため息をついたその時だった。

「もし、今なんとおっしゃいましたか」

顔色を変えたおゆりがやってきて寛七に訊いた。おゆりは、盆の上に寛七に出す茶をのせている。

寛七は、おゆりの形相に眼をしろくろさせている。

「今おっしゃったでしょう……坪井平次郎さまが殺されたと……」

必死の顔で訊くおゆりに、

「坪井平次郎を知っているのですか」

清七が訊いた。武士が殺された話はおゆりにはしていなかったのだ。

「わたくしの友人の旦那さまです。御勘定所にお勤めです」

一瞬皆おし黙った。やがて寛七が言った。

「そりゃあとんでもないめぐり合わせだ。さぞお友達はお嘆きのことと存じやす。ただ、先ほど申しましたが、町方では探索は止められやした」

「でも、目撃した人はいるんですね」

「へい、おしのっていう米沢町の裏店に住む女です。まだ寒くって客を取る夜鷹は少ないですが、おしのは亭主が病に臥せっていてどうしても金が欲しい。それであの晩柳原土手に出かけて行ったらしいんだが、そこで坪井平次郎が殺されるのを見たようです」

寛七がおしのから聞いた話によると、坪井平次郎は三人の武士に囲まれるようにして柳原にやって来た。

無理矢理連れてこられたようにおしのには見えた。

おしのが、月の薄明かりの中で息を殺して見ている前で、坪井はいきなり武士の一人に斬られたということだった。

「卑怯者！」

坪井平次郎は叫びながら刀を抜いたが、既に額を斬られていた。

おしのは、三人が帰って行くのを見届けてから、這うようにして柳原土手を出たという。

「まあ、どんな事実が分かっても何の役にもたちゃしねえ。まったく、あの南町の野尻の旦那といい、面白くもねえ」

寛七は忌々しそうに舌を打った。

水道橋近くの坪井平次郎の屋敷に、おゆりと清七が赴いたのは、翌日のことだった。

平次郎の葬儀が終わって二日目の事だった。冴那の顔色は青白く、正視に耐えないほどやつれて見えた。

それでもおゆりの顔を見ると、ほっとしたような表情を見せた。

「冴那さん」

おゆりは冴那の手をとったが、言葉が出なかった。どんな言葉を並べても冴那の心が癒やされる筈が無い。

なにしろ十日前に、娘の都留を挟んで暮らす幸せな夫婦の姿を見たばかりである。

「お線香をあげて下さいますか」

冴那は言い、二人を仏壇のある部屋に案内した。

仏壇の部屋では、冴那の父庄兵衛が手を合わせていたところだったようだ。

「お父さま、百合さんと紀の字屋の清七さんです」

冴那が伝えると、庄兵衛は憔悴した顔で立ち、黙って廊下に出て、奥の隠居所に消えた。

「夫には厳しい父でしたが、その父もがっくりきてしまいまして」

冴那は平次郎の白木の位牌に手を合わせると、清七に仏壇前の座を勧めた。

清七が手を合わせ、おゆりも続いて手を合わせた。

その時だった。廊下に小さな足音がして、

「おとうたま、おとうたまはいないの……どこなの」

父親を捜す娘の都留が入って来た。

「都留……」

冴那は都留を引き寄せて抱きしめた。

「おとうたまはどこ……おかあたま」

しきりに尋ねる。

「都留、かしこくしていましょうね。おとうさまはきっと見ていますよ」

頭を撫でてなだめながら、冴那ははらはらと涙を零《こぼ》すのである。

「さあ、むこうで遊びましょうね」

おゆりと清七にお茶を運んで来た女中が、むりやり冴那の胸から都留を剝がして連れて行った。

「やだやだ、やだやだ、おとうたま、どこなの……」

都留の泣き声が部屋から遠ざかる。

「お亡くなりになった事が分からないのね」

おゆりが言った。

「ええ、都留だけではありません。わたくしだって、まだ信じられません」

「何も心当たりがないのですか」

清七が訊いた。

冴那は大きく頷いたが、その眼に悲しみの底から沸々と怒りが湧いてくるのか、きっと見詰めると怒りに震える声で言った。

「誰が夫を殺《あや》めたのか……わたくしは許せません」

清七はおゆりと顔を見合わせた。

「今思えばでございますが、夫は近頃ずっとふさいでおりまして、お勤めがたいへんなのかと、わたくしはそればかり考えておりました」

「坪井さまはどのようなお仕事に携わっていたのですか」

「山林方におりました」

「山林方で……」

清七は呟いた。

山林方というのは、幕府の御林《おはやし》を維持管理する部署で、植林から伐採の指示まで出す役目を担っている。

「そうそう、とりわけ夫が考え込むようになったのは、ふた月前だったでしょうか。筏師《いかだし》の禎蔵《ていぞう》さんがお見えになってからです」

「筏師というと、御林の……」

「はい、夫は飛騨の御林を掛《かかり》とする沢井《さわい》甚五郎《じんごろう》さまの配下としてお勤めしておりました。飛騨にはたびたび出張しておりましたから、山の暮らしで糊口をしのいでいる村人たちには同情しておりました。禎蔵さんとは、伐り出した木材の事か何かで知り合ったのではないかと、これは私の臆測ですが……」

「……………」

考えれば考えるほど、清七にはますます混沌としてくる話であった。山林方の坪井が、なぜ殺されなければならなかったのか見当もつかない。

清七は黙って冴那の話に耳を傾けた。

親友のおゆりと、おゆりが全幅の信頼を寄せているという紀の字屋の清七に会い、冴那は胸にたまっていた不安や疑問や怒りを吐露したくなったらしい。

「あの晩、お使いがみえて、夫はそれで出かけて行ったのですが、わたくしがどちらにお出かけかとお訊ねしても、案じることはない、そうおっしゃって、中間《ちゅうげん》も下男も連れずに一人で出かけて行ったのです」

「……………」

「このままでは、夫はただの犬死になるということでしょうか」

冴那は目を伏せて歯をくいしばった。

おゆりはその横顔を労《いたわ》るような目で見詰めた。

風が静かに入って来た。庭の梅の香りだろうか、部屋の中に甘酸っぱい匂いを微《かす》かに散らして行く。

「冴那さま」

清七は冴那が顔を上げるのを待って言った。

「坪井さまの遺品の中に、何か書き残したものはありませんか」

冴那は、はっとして言った。

「ひとつ預かっていたものがございます」

「何……」

「夫はきっと、だまし討ちに遭って亡くなったのです。ですからわたくし、御勘定所の方たちの誰も信用できなくて、夫が残した書き物のあることをどなたにもお伝えしていません。見て頂けますか」

清七を見つめる。

「拝見しましょう」

清七はきっぱりと言った。

四

清七は水道橋に出ると堀端の道をとった。武家地を右に見て人通りの無い道を東に進んだ。

おゆりは冴那のたっての願いで一晩坪井家に泊まることになり、屋敷を退出してきたのは清七一人だった。

清七が人通りの少ない道を選んだのは、懐にある冴那から預かった平次郎の遺品が気になっていたからだ。

遺書ともとれるその一冊には、清七には理解しがたい数字や金額が書き連ねてあったのだ。

ただその中には、飛驒材の伐りだしと運搬、そして売買に関わる江戸の商人の名もあった。

その商人が、あの銀作殺しに関わりのあった東堀留川の和国橋東袂に暖簾を張る材木問屋上総屋だったのだ。

——坪井平次郎が殺された原因は、この日誌の中味にあったのかもしれない。

清七は冴那から渡されて一見した時、そう感じた。

その時の冴那との会話を、清七は店に戻りながら思い出している。

「これは？……」

清七が日誌を一読して驚きの顔を冴那に向けると、冴那は神妙に頷いて、

「お勤めのことは何も分からないわたくしですが、ひょっとして、とても大事なものではないかと思ったのです」

そう言ったのだ。

冴那は夫を亡くして、ただ泣き濡れているだけの女子ではなかった。夫は何故殺されたのか、それを解く鍵が、この書き残した日誌にあるに違いない、そう考えていたらしい。

だからこそ、夫の上役である組頭にさえ、書き残したものがあるという事を伝えていなかったのだ。

冴那の用心深さに清七は驚きながら、その日誌を、おゆりの仲間だという清七

に見せてくれた事を重く受け止めていた。

「冴那さま、これを私に預けて頂けませんか」

清七は言った。

日誌は坪井平次郎の無念を晴らす大切な証拠になる。だからこそ冴那が持っていることの危険性も考えなくてはいけない。

清七の説明に冴那は素直に頷いて、よろしくお願いしますと、清七に託したのだった。

清七はこれから、この懐の日誌に記されている文字や数字の意味を解き明かさなければならない。

坪井平次郎の冷酷な殺され方に憤りを持っていた清七は、遺された家族を見て、つい踏み込んでしまったが、事が御勘定所内部で起こっていることを思えば、長谷の父が勘定組頭という重職にあるだけに、見て見ぬ振りは出来ないのである。

――おや……。

清七は尾けられている事に気付いた。

いや、本当はもっと前から気付いていた。それは坪井家を出てまもなくだったが、その時には気のせいかと思ったのだ。

それが、両脇が武家屋敷となっている道を抜け出てのち、左手が堀の土手となったところで、背後にぴたりとついてくる人の気配を強く感じたのだった。人の影はひとつもない。ただ堀にはたくさんの鴨や白鷺の姿が見え、不穏な気配さえ背後になければ、しばらく初春の堀端の夕暮れを楽しめるところである。

――一人……二人か。

清七は平然と歩きながら、背後に迫ってくる者を数えていた。

坪井の屋敷を出たのは七ツ半過ぎだったが、まもなく日も落ちる。足下には薄闇が這うように拡がっていた。

再び武家地に入る道が向こうに見えてきた時だった。

背後から風が押し寄せてきた。清七はその風が自身の背中一間に迫った時、地を蹴って横手に飛んだ。

風は空を斬って走り抜けた。手ぬぐいで顔を覆った武士の背中を清七は見た。

「何者だ!」

清七は身構えた。すると、間髪入れずもう一人の男が、無言で上段に刀を構えて斬り込んできた。この男も手ぬぐいで顔を覆っている。

清七は身をそらしてその剣を躱した。すると先に襲って来た男が再び撃ってきた。右に左に撃ち下ろす剣を避《よ》けながら、無腰の清七は土手の上に追いやられていた。

あと数歩で堀に転げ落ちる。二人の剣を両側に見て、清七が大きく息をついた。

――得物《えもの》がなくては……。

清七は右袖が切られているのに気付いてぞっとした。

その時だった。足に何かひっかかった。直径一寸ほどの竹の棒だった。

清七は、じりじりと腰を落とした。身構えたのと同時に、足下の竹の棒を握った。

刹那、右側の男が撃ってきた。

清七はすかさず竹の棒で相手の喉元をついた。

「うっ」

男は喉を押さえて蹲《うずくま》った。清七は左の男に飛びかかった。

男が飛び退いたその隙をみて、清七は土手を走り抜けて武家地の道に走り込むと、辻番所に飛び込んだ。

「何だ、どうした」

辻番の男が驚いた声を上げた。六十を過ぎた痩せた男だった。弁当をつかっていたのか、手には箸を持ったままだ。

「すまない、かくまってくれ、辻斬りに襲われた」

「何、辻斬りだと……」

辻番はおそるおそる表を見た。

外は薄暗かったが、まだ土手までは見通せた。人の影はなかった。

辻番は首を傾げて戻ってきたが、

「しばらくしてから帰ればいい。お茶でも飲むか……」

人の良さそうな笑みを浮かべた。

清七は礼を述べて外に出た。

周囲を注意深く眺めたが、先ほどの刺客は見えなかった。

――やはり坪井家は見張られている。

清七は冴那の身を案じた。

冴那から預かった懐の日誌を押さえて確かめると、薄闇の中に踏み出した。

絵双紙屋の藤兵衛は伸ばした左足を時々撫でながら、清七が冴那から預かった日誌を鋭い目で追った。

藤兵衛は、近寄りがたい、緊迫した空気を発している。

清七は、息を殺して藤兵衛の反応をまった。

その鼻孔に、微かに庭の梅の花の香りが届いた。ふっと坪井の屋敷にあった梅の木を思い出していた。

冴那の家に一晩泊まったおゆりも、二人から少し離れて見守っている。おゆりは冴那が一晩でもゆっくりと休めるように、都留を預かって帰ってきていた。都留のお守りを忠吉に頼んで、おゆりは気になる日誌はどういうものなのか聞きたくて先ほど部屋に入って来ていた。

藤兵衛は日誌を見終わると、ひとつ大きく息をついた。

そして日誌を、清七の方に押しやった。

「清七さん、これは大変なものを預かって来たようですな」

清七は黙って頷いた。

藤兵衛はただの絵双紙屋ではない。昔は御徒目付だったおゆりの父親と同じ仕事をしていたようだから、おそらく、御徒目付頭ではなかったかと清七は推測している。

御徒目付頭とは、御目付の側近である。御目付の命によって文書の起草、調査や密偵などもやり、また一方で配下の御徒目付を差配するから、旗本以下御家人にとっては恐ろしい存在だ。

「飛騨の御林には不正がある、この日誌はそういう事を告げている」

藤兵衛は言った。

「私もそう思いました。坪井平次郎さまは御林の保護伐採を差配する勘定所の人間です。数字のことは良くは分かりませんが、ここに記されている屋号の材木問屋の番頭は、先の籠細工師の殺人にかかわっていた者です。こんなきな臭い日誌を坪井平次郎さまが残したということは、坪井さまも関わりを持っていたのかもしれません」

清七は、もしそうなら、この日誌を世間に明らかにする事で、坪井平次郎も罪に問われるかもしれないという危惧を抱いていた。

だからこそ藤兵衛に相談してみたのだが、その考えは一致したようだった。

「わたくしには納得いきません」

離れてじっと聞いていたおゆりが、立ち上がって二人の側に来て座った。

「坪井さまは実直で勤勉な方だと冴那さんから聞いております。不正に関わるようなお方ではございませんでした。もし、不正に関わっていたとしたら、もう少しゅとりのある暮らしをしていたと思います。平次郎さまは御養子でした。冴那さんのお父さまには常々厳しいお小言を言われて、それでもじっと耐えていらして、冴那さんはその事で心を悩ませていたほどです。そんな方が不正だなんて、大それた事を……」

おゆりは珍しく感情的だった。

だが、清七の目は逆にきらりと光った。藤兵衛と視線を合わせて頷いた。

「おゆりさん、平次郎さまは御養子だったからこそ、あせって不正に手を貸す気になったのかもしれませんよ」

清七の言葉に、はっとおゆりは気付いた。

おゆりに、冴那はこう言ったのだ。

「夫はこんな事を言っておりました。父上を越えなければ、父上は私を認めてくれないのだと……今更ですが、もう少し夫の心の支えになってあげればよかったと思います」

おゆりは、それを思い出して狼狽した。

「あの、すると、平次郎さまは、冴那さんのお父上に認めて貰おうとして……」

おゆりは呟くように言い、清七の顔を見た。

清七は頷くと、

「お父上を越える、という事は、立身をする事です。平次郎さまは不正に手を貸すことで、そういう約束をとりつけていたのかも知れません。約束をした人物が誰なのか、本当の黒幕、頭は誰なのか分かりませんが、その者にとっては坪井さまは邪魔だったに違いない」

「…………」

おゆりは黙った。もしやと不安になったのだ。

その時、三人の耳に、忠吉と都留の声が聞こえてきた。

「駄目だよ、お都留ちゃん、こうするんだって」

「うえーん」

都留が泣き出した。

おゆりは膝を起こしかけた。だが、

「分かった、わかった、お兄ちゃんがちゃんとしてやるから……ほら、これでいいだろ」

「うん」

機嫌が直った都留の声が聞こえ、おゆりはほっとして座り直した。

そのおゆりに、藤兵衛は言った。

「おゆり、どうあれ坪井どのは消された、殺されたのだ。仮に悪の手先となっていたとしても、この日誌を残したことで罪は軽くなる。案ずるには及ぶまい」

「はい」

おゆりは頷く。

「親父さん、まずはこれを何処に持ち込むかということですが……。一つ間違えば、この日誌を公表されては困る連中が、坪井家やこちらを襲ってくるかもしれません」

藤兵衛が言った。

「長谷さまが良いのではないか、長谷半左衛門さまだ」

「……」

黙って見返した清七に、

「この日誌を託すのは、全幅の信用のおける人物でなくてはならない。今は、例えば御勘定所の誰が関わっているのかも分かったものじゃない。長谷さまなら間違いはあるまい」

清七の父、長谷半左衛門を藤兵衛は強い口調で推したのだった。

五

清七は長谷家の門をくぐると、門番所にいた中間の弁十郎《べんじゅうろう》が駆け寄って来た。

「清七郎さん」

「しばらく」

手を上げてにこりと笑った清七に、

「聞きましたよ、又之助から……殿さまをお救いになったって」

「大げさなことをいうものだ。たまたま行き会わせて無我夢中でやったことだ」

「ご謙遜を……清七郎さんが手練《てだ》れだってことは皆知ってるんだから。で、今日は？」

「旦那さまはご在宅か」

「お出かけです」

「そうか……」

清七は迷った。

「何時《いつ》お帰りになる……」

「さあ……上がってお待ちになったらいかがですか、ご自分の家ではありませんか」

「いや、詰め所で待つ。旦那さまがお帰りになったら知らせてくれ」

清七は長谷家の家士たちが詰める正門脇の小部屋に入った。

小部屋には誰もいなかった。

僅か四畳半の部屋だが、シミのついた畳も清七が家を出た時のままで、仮眠する枕も部屋の隅にあった。

長谷家の次男でありながら、妾の子だということで、清七は家士の一人として多感な青年期をここで過ごしている。

食べるものも着るものも、日常の扱いも、清七は家士の一人として扱われた。

だから長谷家の家来は、皆清七の仲間である。強い繋がりがあった。

特に清七は、奥方の多加から目の敵にされて酷使されたから、良くこの部屋で疲れた体を休めたものだ。仲間がこっそり休むようにと仕向けてくれたのである。

清七は部屋の隅にある木枕を引き寄せた。

いつだったかまだ十六、七だったと思うが、疲れた体をここで横にして休んでいると、なんと奥方がずかずかと入って来て、清七が頭を載せていた木枕を、えいっとばかりに足で蹴飛ばしたことがあった。

清七は、ふいに枕が無くなって頭をがくりと落とした。

「怠けるでない！」

睨み据えた多加を、これが鬼というものかと思ったことがあった。

この家には、あまり長居はしたくないものだ、と清七が木枕を下に置いたその時、

「清七郎さん……」

弁十郎が浮かぬ顔で戸口から声を掛けた。

「奥方さまがお呼びです」

「何……」

「それも庭にまわれと……」

多加は清七を、下男同様に扱おうという事らしい。

「分かった」

清七は返事をすると外に出た。

「すみません、小野さまに殿さまのお帰りの刻限をお聞きしているところに運悪くお出ましになったのです。そこでつい、清七郎さんがお帰りです、とお伝えし

たものですから」

弁十郎は、両手を頭に載せて角《つの》をつくった。

「なんなら、もうお帰りになりましたと申し上げれば……」

「大丈夫だ」

清七は弁十郎の肩をぽんと叩いて、奥方が住む部屋の前の庭に入った。

多加は、廊下に立って待っていた。

「お久しぶりでございます」

清七はかつて家士として働いていた時と同様に、頭を下げた。

「ふふふ、清七郎、そなた、紀の字屋の番頭になったとか聞いているが、なかなかその姿は似合うではないか」

「………」

清七は苦笑した。

次はどんな言葉が飛び出してくるのかと思っていると、

「市井のお気楽な者共と組んで糊口を凌ぐお前が、今日はいったい何しにこの家に参ったのじゃ」

突然険しい口調になった。

「旦那さまにお伝えしたい事がありまして、それでお訪ねいたしました」

「なるほどな、そういう事か。分かりました。ではわたくしが聞いておこう。あとで殿さまにお伝えしておく」

「いえ、つまらない事ですから」

「わたくしにはいえぬ内緒の話だと……」

多加の額に青筋が入った。多加はこうしてだんだん興奮して行く女である。自分が発する怒りの言葉が更に怒りを助長させて、こちらが黙っていても多加の怒りは増幅されていくのである。

少年の頃には、この爆発寸前の多加の顔色に恐れおののいたものだが、

「お手を煩わせる程のことではございません」

清七は静かな声で返した。

「さようか、ならば一刻も早く出て行くのじゃ。この屋敷に足を踏み入れる資格はお前にはない。何度もいうが、二度と来るでない。わたくしはお前の顔など見たくないのじゃ」

きっと睨み据える。

清七は一礼すると多加に背を向けて庭を出た。

大きく息をついて門に向かうと、弁十郎が待っていた。

「帰るのですか」

「弁十郎、頼みたいことがある」

清七は、是非伝えたいことがあるので、一度会ってほしいという父への伝言を頼んだ。

「お安い御用です」

弁十郎は人なつっこい笑みを浮かべて胸を叩いた。そして、

「そうだ、清七郎さんはご存じですか、殿さまには新しい警護の者が付いたことを」

と言った。むろん清七は聞いていた。詳しい話は知らないが、少しほっとしている。

父が襲われた場面に行き合わせた時から、ずっとその後の父の身を案じてきたのだ。

「殿さまが襲われた、あのすぐあとからですよ」

弁十郎は言った。

「手練れか」

「そのようです」

清七は何度も頷くと、

「ありがとう」

弁十郎に礼を言って長谷の屋敷をあとにした。


日本橋の南袂にある『大吉』は仕事帰りの職人や魚河岸で働いている人足たちで、あらかた席が塞がっていた。

「いらっしゃいませ」

だが、小女《こおんな》のきさくな声や温かい店の雰囲気は、清七たち三人にとっては、好ましく思えた。

「すまねえな、ちょいと空けてくれねえか、そうだ、三人だ」

小平次はたくみに酔っ払い客を飯台の片方に押しのけるようにして、三人が座る樽の椅子を確保した。

もうすっかり酔っ払っている者もいると見えて、大声でしゃべったり大笑いをしているから、人の話に聞き耳を立てる者はいそうもない。

「おうめちゃん、適当にね。酒は熱燗だ」

注文を取りにきたおうめに、与一郎は片目をつぶってみせた。

「うふふ、あつあつ豆腐、食べてみない？」

おうめの声は弾んでいる。おうめは与一郎にほの字なのだ。

「へえ、それ、どんなものだい」

「あつあつだから、豆腐が熱いのよ」

「それは分かってるよ、どんな味付けだって訊いてるんだ」

「だから、昆布だしの汁の中で煮たあつあつ豆腐に、ゆずの味噌が掛けてある凝った一品なのよ」

「わかった、それも貰おうか」

「ありがと、お酒は多めに入れてきてあげるね」

おうめは、潑剌と腰を振って帳場に入った。

「おい、あんまり罪なことはするなよ」

小平次がじろりと見て言った。

「するわけないよ、俺には女房にしようかと思う人が出来たんだ」

与一郎は照れくさそうに笑った。

「何、すると何か、今夜奢るから話を聞いてくれと言ったのは、その事なのか」

清七が訊くと、与一郎はにやにやして頷いた。

「もっとも、田舎の親父は駄目だというだろうが、なあに、俺は根気よく頼むつもりだ」

「分かった、与一郎、おさよさんの事だな」

小平次がにやにやして訊いた。

「なんで知ってんだよ」

「忠吉が言ってたよ。籠細工の見世物小屋に行った時に、おいらをほっぽらかして、二人でいちゃいちゃしてたって」

「してねえよ、手も握ってねえよ。まったく、忠吉はとんでもねえガキだな」

与一郎は、悪態をついた。とはいえ心の中はほんわかしているようで、すぐに嬉しそうな顔に戻った。

「それで、何を相談なんだ」

「うん……」

与一郎はもじもじしている。見かねて清七が、

「早く言え！」

「だから、思い切って誘おうかどうしようかと……」

「何を」

「つまり、男と女の関係に」

「何を言ってるんだ、まだ手も握ってないんじゃ話にならんだろ」

「まあ、そうだけど」

聞いていた小平次が、

「ええい、まどろっこしい野郎だな。そんな事は相談するなよ、勝手にやれ」

と言ったところに、おうめが酒を運んで来た。

「おやまあ、なんの話かしらね……もしかしてあたしの話？……じゃないよね」

おうめに訊かれて三人は口をつぐんだ。流石に冗談にでもおうめに話すのは可哀想な気がしたのだ。

「どうでもいい話はそれぐらいにして、清さん、ちょっと話しておきたいことがあるんだ」

小平次は、二人の盃に酒を注ぎ、自分の盃にも注ぎながら、

「これは与一郎も知っている事なんだが、米沢町にあった三国屋という米問屋が突然江戸払いになり、そのあとに伊勢屋という屋号の店が暖簾を上げたんだが、少しひっかかったもんですからね、仕事の合間に調べてみたんだ……」

「待て待て、その前にだ、八百屋の芋の皮むき女、おための話をしておかんとな」

与一郎が口を挟んで、おためから聞いた三国屋の話を清七にざっとした。

「それで……」

「なんと、伊勢屋というのは、あの材木問屋上総屋と親戚だったんだ」

「何……」

「しかもだ、三国屋をしょっぴいたのが、坪井平次郎さまの遺体を寛七親分を退けて運んで行った、あの南町奉行所の同心野尻左内《さない》だったというから驚きだ」

「……」

清七は盃を重ねながら考え込んだ。

「偶然かもしれんが妙な繋がりだな、清さん」

与一郎も首を傾げている。

「こうなったら、徹底的に調べてみるのも面白いんじゃないのか」

与一郎は言った。

「俺もそう思ったんだ。清さん、清さんが坪井さまから預かった日誌にも上総屋の名が載ってたんだよな。とすると、上総屋というのは、どこまで悪徳な商人なのか暴《あば》いてやりたいじゃねえですか。考えてもみろ、普通の商人は汗水垂らして一文二文の利鞘を稼ぐのに必死なんだ、うちだってそうさ。ところが上総屋は奸計をめぐらして、ぼろもうけをしているに違いねえ。そう考えると腹が立ってしょうがねえ」

小平次はいつになく怒りを露わにして言った。

「待て待て、あんまり表だって動いていると危ない目に遭うかもしれんぞ。俺だって狙われたんだ。気をつけた方がいい」

清七は先日何者かに襲われた時の、間一髪で殺されそうになった恐ろしさを思い出している。

「じゃあ清さんは、ほうっておくのか……そんな事は出来ない筈だよ、現に襲われているんだ。清さんはもう目をつけられている」

与一郎はじろりと清七を見た。

怒りにまかせて酒を飲むとやたらに進む。

「おい、おうめちゃん、おかわりだよ」

与一郎が客の中を忙しく動いているおうめに叫んだ。

「はーい」

おうめは、かわいらしい声を出した。

「おい、与一郎、お前、やっぱりおうめちゃんにしとけ」

小平次がくすくす笑った。

六

「お都留ちゃん、さあ、おばちゃまのお膝にいらっしゃい」

おゆりは町駕籠《まちかご》に乗り込むと、都留を招いた。

母を恋しがって泣く都留を坪井家に戻すために、おゆりが駕籠に乗り、膝に抱いて屋敷に送り届けようというのである。

町駕籠を使った方がいいと言うのは、藤兵衛が言い出した。

坪井家は何者かに既に見張られている。出入りしている者たちは、いちいち確認されている筈だ。しかも清七に至っては襲われている。坪井家への出入りについては十分な注意が必要だと考えたのだ。

駕籠の両脇には、藤兵衛が口入屋に頼んで用心棒として雇った浪人二人が付いている。

紀の字屋の清七や与一郎などはもう既に顔を知られていると考えると、駕籠に付くのはかえって都留を危険に晒すことになりかねない。

「ほんとに腕が立つ用心棒が来るのかね」

与一郎は案じていたが、あにはからんや、やって来たのは顔の引き締まった、いかにも腕に覚えのありそうな隠密くずれのような男達だった。

礼儀も正しい。藤兵衛に挨拶したところを垣間見る限り、昔の藤兵衛の部下のような感じが清七にはした。

「お都留ちゃん、これを持っていきなよ」

駕籠に乗り込んだ都留に、忠吉は七色の紙の風船を膨らませて渡した。

「まあ、きれい、ありがとう」

都留は一人前の女の子のような感歎の声を上げた。

その風船は、紀の字屋で四文で売っている女の子のおもちゃで、使っている紙には油をひいてあるから、丈夫に出来ている。

紀の字屋にいる間、都留はとても気にいって、忠吉にせがみ、忠吉がおゆりの許可を貰って一つ下ろした、その紙風船だったのだ。

「また遊びにおいでよ、お都留ちゃん」

忠吉が言うと、都留はこっくりと頷いた。

都留は紀の字屋では、忠吉に一番なついたようだった。お兄ちゃん、お兄ちゃんと呼んで、忠吉のあとをついてまわっていた。

「では、行ってまいります」

おゆりは見送りに出た清七に頭を下げると、都留と駕籠の人となった。

「忠吉、大変だったな」

駕籠を見送ってから清七は忠吉の肩を叩いた。

「可愛いけど、女の子はけっこうたいへんだな」

忠吉は生意気な口調で言ってみせると、熱心に棚の商品を整理しはじめた。

「けっこう、お兄ちゃん、て呼ばれて喜んでたくせに。かっこうつけるなって」

庄助が、どんと忠吉の体をこづく。

「止めろよ。あっ、お客さんだ。いらっしゃいませ」

旅に出る女客をそつなく迎える忠吉に、清七は微笑みを送って奥に入った。

与一郎が台の上に広げた紙に、真剣な顔で線を入れている。

「あと一息だな、与一郎」

清七が横から覗いた。与一郎が線を入れ終われば、清七が文字をいれなくてはいけない。

「お安い御用だってんだ。町地はちょろいもんだ」

にこりと清七に笑ってみせたその時、

「旦那さま！」

通いで来ている飯炊きのおとよの大きな声が聞こえて来た。声は奥の厠のほうだった。

「なんだ……」

「誰か！　与一郎さん！　清七さん！」

おとよが叫んでいる。

清七は与一郎と顔を見合わせた次の瞬間、奥に走った。

厠の前で藤兵衛が転がっていた。おとよが、藤兵衛の体を抱き起こしているのだが、腕の太いおとよでも一人で抱え起こすのに難儀していた。

「俺たちがやる」

清七はおとよを退けると、与一郎と掛け声よろしく、藤兵衛を抱き起こした。

「すまない、この脚が急にがくっと来て」

藤兵衛は苦笑いを浮かべた。

藤兵衛の病状は進んでいるのかもしれない。藤兵衛の体を両脇から抱えながら、清七と与一郎の胸の中には不安がひとつ芽生えたようだ。

「ふっふっ、我が子と縁を切ったこの私が、我が子同様の二人に、こうして両脇を抱えてもらおうとは……」

いつも何事にも動じない藤兵衛が、しみじみと、嬉しそうに言って笑みを漏らした。

「親父さん、しっかりつかまって」

二人は肩を貸しながら、藤兵衛の昔に思いを馳せた。

何が原因かは聞いていないが、藤兵衛は以前、自分は家族を捨てたと言っていた。胸の奥では、それを悔いているのかも知れない。

支え合う血の繋がった家族をもたない暮らしの空しさや寂しさは、清七には良く分かっている。

「桂先生に往診を頼んで来ます」

藤兵衛を布団の上に座らせると、清七が言った。

「いや、大事ない。手をとらせてすまなかった」

藤兵衛はにこにこして言った。

「おとよさん、親父さんを頼むよ」

清七はおとよにあとを託して、与一郎と仕事に戻った。

長谷家の下男彦蔵がやって来たのは、七ツを過ぎた頃だった。

父長谷半左衛門からの伝言を、彦蔵は持って来たのだ。


「ご覧頂きたいのは、この日誌です。殺された御勘定山林方、坪井平次郎さまが書き残したものです」

清七は、父の長谷半左衛門の前に、冴那から預かった平次郎の日誌を置いた。

「ふむ」

半左衛門は日誌を取り上げると、ぱらりぱらりと捲《めく》っていたが、まもなくその手を止めて、文面を険しい目でじっと見詰めた。

そういう仕草が何度も続いた。

部屋の中は静寂に包まれている。

半左衛門が紙を捲る音と、時々押しつぶされたような小さな息をつく音の他は何も聞こえない。

清七も張り詰めた空気の中で、父半左衛門の表情を見守っていた。

自分が持ち込んだ平次郎の日誌は、予想していた通り、重大な内容を含んでいるらしい。

どれほど経過しただろうか。

半左衛門は日誌を閉じると、鋭い目を清七に向けた。

「誰からこれを預かったのだ」

「坪井平次郎さまのお内儀です」

「坪井平次郎の……」

「はい、冴那とおっしゃる方ですが、紀の字屋のおゆりどのとは旧知の仲でございまして……」

それで自分も、おゆりと一緒に坪井家に線香をたむけに行ったが、その時に冴那から預かったのがこの書類だと説明した。

また、日誌を預かって帰路についたとき、何者かに襲われた事も話した。

ただ、日誌のことは妻の冴那一人が知り得たことで、自分を襲った賊どもの思惑は、ひとえに坪井家にはかまうなという警告だったのではないかと、清七なりの考えも述べた。

半左衛門は深く頷くと、重々しい口調で言った。

「清七郎、わしが今重大な調査を行っている事は知っておるな」

眼孔の奥には清七がこれまで見た事もないような険しい光を放っている。

「詳しいことは存じませんが、彦蔵から、勘定吟味役佐治長門守《さじながとのかみ》さまのお屋敷をお訪ねになったことは聞いております」

父の半左衛門を見返した。緊張が胸を包む。

半左衛門は頷くと、

「これは、市之進《いちのしん》にすら話していない、秘中の秘の話だが、わしは今、重職にあるさる方の不正を調べておる」

「………」

清七は、まっすぐに見て頷いた。

「佐治さまのお屋敷に呼ばれたのも、そのことだったのだ。これは、佐治さまとわしの他には誰も関与していないし、知らないことだ。それだけに、慎重を要することなのだが、この日誌、詳しく精査してみなければ分からぬが、わしが今調べているその不正を問う証拠となるやもしれぬ」

半左衛門の言葉は静かだったが、心のうちは熱を帯びていることは清七にも伝わってきた。

清七は、半左衛門と目を合わせたまま訊いた。

「その日誌、お役に立ちますか」

「むろんだ。是非にも預からせて貰いたいものじゃ。坪井の妻女にはそなたの方から伝えてくれ」

「承知致しました。お内儀もご亭主の死の真相を知りたいと申しておりましたゆえ、異存はないと存じます」

ただ、一つお願いしたい事があります、と清七は手をついた。

「坪井の妻子の事じゃな」

「はい、あの屋敷は見張られています。外出もままなりません。今のところは危害を加えられずにすんでおりますが、何時命を狙われるか知れたものではありません。その日誌の中味が不正をあばくような証拠になるものならなおさらの事だと思います。坪井さまの家族を、密かに、安全な場所にしばらく匿《かくま》っていただければ有り難いのですが」

「分かった、そうしよう」

「ありがとうございます。これでほっとして仕事にかかれます」

清七は、ようやく緊張を解いて笑みを見せた。

「清七郎」

半左衛門も、表情を和らげて言った。

「はい」

清七も改めて父の顔を見る。

白髪の交じる父の顔は、明らかに家士清七郎に相対している時の顔ではなかった。やはり親が子供に向ける慈愛に満ちた目の色だと清七は思った。

そういう清七も、きっと親を慕う目の色になっている筈だ。

二人の間には、親子が感じ合う、甘えた気持ちや愛おしいと思う気持ち、そしてちょっぴり気恥ずかしい、照れた気持ちがない交ぜになって漂っている。何も言わなくても、清七には父親の愛情が、ひしひしと伝わってきた。

「他でもないが、わしはお前を正式に長谷家の次男として届けようと考えている」

「旦那さま……」

「まあ聞け」

半左衛門は清七の言葉を遮った。

「すぐに屋敷に帰ってこずとも良い。しばらく紀の字屋の仕事は続けても良いと思っている。いざという時に、長谷の家の力になってもらいたい」

「私でお役に立つのなら、なんなりとお申し付け下さいませ。ただ私は、長谷家とは縁を切ると決め……」

「これはお前のためというより、この家のためだ」

——しかし奥方さまが……。

そう言おうと思ったが、清七は口をつぐんだ。

「もう決めたのだ。それをお前に伝えたかったのだ。藤兵衛どのにもそのうち話はしようと考えている」

半左衛門の顔には、確固とした意志が見受けられた。

「旦那さま、旦那さまは藤兵衛の親父さんをご存じなのですか」

父と藤兵衛は見知った仲ではないかと予測はしていたが、父の口から藤兵衛の名がすらりと出たのには驚いていた。

「知っている。藤兵衛どのは昔、御徒目付頭だったのだ。不正に目を光らせて調べ上げるという事においては、わしの今やっている事とかわりはない。藤兵衛どのは優秀な男だと定評があった。だが突然武士を捨てて絵双紙屋になった変わり者だ」

半左衛門は苦笑した。

「この話はまたにしよう。今日はおまえと一献、そう思って楽しみにして帰宅したのだ」

半左衛門は、女中を呼んで、酒の用意をさせた。するとそこに、

「父上……」

なんと酔っ払った兄の市之進が廊下に突っ立ったまま、頭をぺこりと下げたのだ。市之進は障子につかまっている。足下がおぼつかないようだった。

「今日はお早いお帰りだったんですね、父上」

ちらと清七を見て、そんな言葉を吐く。遠回しに皮肉っているように清七には思えた。

「酔っているな、市之進」

咎める口調で半左衛門は訊いた。

「はい、父上。私は組頭の倅ですよ。噂では、父上はそろそろ勘定奉行に上るのではないかと言われているのに、倅の私はいつまでもお勘定の見習いとは……父上、父上の力で、早く御勘定のお仲間に入れて下さい。これではやる気がおこりませんよ」

ろれつの回らぬ声で言った。

いい年の男が、声に甘えを含ませている。

半左衛門はむっとして立ち、市之進に近づくと、その胸倉をとって叱りつけた。

「だらしのない。そんな事で一人前の御勘定になれると思うのか。勤めが嫌なら辞めてしまえ」

「父上！」

きっと父を見返した市之進は、清七を敵意のある目で睨むと、ぷいと向こうを向いて部屋の前から去って行った。

「困った奴だ……」

半左衛門は苦々しい顔で見送った。


一刻後、清七は半左衛門の部屋を辞した。

生まれて初めて父親と酒を酌み交わしたひとときは、たとえようもない幸せを、清七の胸に刻んでくれたのである。

相変わらずの兄の市之進の行状が気になったが、半左衛門から受けた父親の温かいまなざしや言葉は、そんな思いをどこかに吹き飛ばしたようだった。

「清七郎さま」

玄関を出ると、彦蔵が待っていたらしく、嬉しそうに近づいてきた。

「またいらして下さい。殿さまもどんなにお喜びになったことでしょうか」

清七は笑って手を上げた。

弁十郎に声を掛けて門を開けてもらった。

見上げると月が出ている。青い月の光を受けながら屋敷を後にした。夜気はまだ冷たいが、月の光は柔らかい。春の気配だと思った。

酒の酔いも心地よかった。

だが、二、三十歩歩いたところで、清七は俄《にわか》に気持ちを引き締めた。

前方から歩いて来る侍に覚えがあったからだ。

籠細工師銀作の殺しを調べていた時に、亀井町の拝領屋敷を松の木の陰からじっと見詰めていたあの侍だ。

黒い小袖に焦げ茶の裁着袴、網代笠の若い武士だ。

清七は歩を緩めた。すれ違いざまに相手を横目で見たが、相手は平然と去って行く。

清七は数歩歩いてから立ち止まって振り返った。

武士は長谷家の門前に近づいて行く。

清七は地を蹴って走った。

門扉に手を掛けた武士の後ろから呼び止めた。

「おい、何をしている」

武士は振り返って、笠の奥から清七を見た。

「この屋敷に何の用だ」

清七は訊ねると同時に、武士に詰め寄った。

「私はこの屋敷の者だ」

「何」

「桑井《くわい》尭之助《ぎようのすけ》と申す」

「はて、聞いたこともない名だ。騙《かた》るつもりか」

厳しく質《ただ》す清七に、武士はふっと笑うと、被っている笠を取った。

目尻がきりりとして上がり、口元が引き締まった男である。

「いかがしたのだ」

なんとそこへ、もう一人の、同じ出で立ちの男が近づいて来た。

声は桑井尭之助に掛けたようだ。

「清七郎さまだ」

なんと桑井尭之助は、あとからやって来た男に、そう告げたのだ。

「これはお初にお目にかかります」

するとその男も笠を取って清七に頭を下げた。

「この男は、垣原治三郎《かきはらじさぶろう》という男です」

紹介したのは桑井尭之助だった。

「不審に思われるのも無理はござらん。お聞きになっていると思うが、拙者ら二人は、長谷の殿さまの警護に遣わされた者」

垣原治三郎はそう言って笑った。こちらは胡桃《くるみ》のような目をしている。桑井より人なつっこい感じがした。

正直清七は、あっと声を上げそうになったのだ。

吟味役の佐治長門守から半左衛門警護のために手練れが遣わされたことは、弁十郎からも聞いている。

「これは知らぬこととはいえ失礼しました。殿さまの警護、どうかよろしくお願い致します」

「清七郎さま。私たちは清七郎さまがお手をお貸し下されば心強いと常々話しておりまして」

「私など」

「謙遜しないで下さい。あの亀井町で、あの屋敷を嗅ぎつけて調べていたではありませんか」

清七は苦笑した。

「何、あそこまで行ったが、そこまでだった。誰が住んでいるのか、まだ摑んではいない」

「勘定奉行の谷田部さまの妾が住んでいますよ」

さらりと桑井は告げた。

「なんと……」

「不正の調べは緒に就いたばかりです。長谷家に戻って、殿さまをお助け下さい」

「………」

清七は桑井の顔を改めて見た。

「私はあなたが、町人になったいきさつも聞いております。しかし殿さまが大変なこの時に、お屋敷に戻らないのは何故かと考えてしまいます」

「それは、私はこの家を出た身だからだ」

「いつまでもそのような事を……少し子供じみているとは思いませんか」

桑井は容赦のない声音で言った。

「おい、止めろ」

垣原治三郎が桑井を制した。

桑井はすぐに、口出しが過ぎたと気付いたように頭を下げた。だが、

「清七郎さま、気を悪くなさったのなら謝ります。これは余談ですが、私は孤児でした。それを桑井の家に拾われて、こうして今ここにあります。本当の父や母の顔は知りませんが、自分は幸せだったと思っております。私に比べれば、清七郎さまは恵まれておられる。それがどうして分からないのかと人ごとながら考えましてね」

「……………」

「いや、これも言い過ぎだったかな」

「いや」

清七は小さく言った。桑井尭之助のいう通りかもしれない。ただ長谷家においては、清七の存在が疎《うと》ましいのだ。そう単純な話ではない、と清七は思っている。

桑井は続けた。

「殿さまにお仕えして分かりましたが、殿さまは大変清廉で、確固たる信念をお持ちの方です。私は心酔しております。命をなげうってでも殿さまを守りたい、私はそのように思っています」

桑井は静かに、しかし熱く語った。

清七は、黙って深く頭を下げた。

七

父の長谷半左衛門から、坪井の家族が身を寄せる先を手紙で知らせてきたのはまもなくだった。

切り絵図の『日本橋北之図』の文字を清七が入れ終わり、摺師《すりし》の喜八《きはち》に出したところで、次の絵図をどこにするか小平次、与一郎と三人で話し合っていたところだった。

「清さん、ここはいいよ」

小平次がせき立てた。

清七は、おゆりと一緒に、御勘定組頭長谷半左衛門の手紙を持って坪井家を訪ねた。

おとないを入れると、都留の手を引いた女中が出て来た。

都留は、忠吉が渡した紙風船を掌に載せている。

「百合さま……」

女中は救いの神を迎えたかのような顔をした。

「冴那さまはお寂しくお暮らしです。百合さまのお顔を見れば、きっと元気におなりです」

おゆりは頷き、冴那が奥の座敷に居るのを聞いて、女中の案内を断った。

清七とおゆりは、廊下に出て奥の座敷に向かった。

日差しは煙ったような日だまりをつくっていて、庭の前栽の蕾も膨らんだように見える。

おゆりは、はっとして立ち止まった。

冴那が縁側に座って庭の梅花を眺めているのが目に入った。

冴那の横には敷物が置かれていて、それには白木の位牌がある。

亡くなった夫の平次郎の位牌に違いなかった。

おゆりは、ちらと清七と顔を見合わせてから、

「冴那さん……」

と、冴那に呼びかけた。

「百合さん……」

冴那は、慌てて袖で目頭を押さえた。

「お花見ですか」

清七は問いかけながら廊下に座り、庭の梅の木に視線を投げた。

ほぼ咲きそろったところだろうか。花は見頃だった。

冴那も梅の枝に視線を移して、しみじみと言った。

「毎年ここに座って、お花見を致しました。盃に梅の花を散らして、頂きました。満開になると庭にぼんぼりを点《とも》して、父上も、この家の奉公人も一緒にひとときを過ごしました……その夫が突然いなくなるなんて……」

言葉を詰まらせる。

「冴那さん……」

おゆりは冴那の背中を撫でた。

清七は、冴那の心の静まるのを待って、半左衛門の手紙を、冴那の前に置いた。

「これは……」

怪訝な顔で冴那は訊いた。

清七は、平次郎が残した日誌を半左衛門が預からせてほしいと言ったことを説明したのち、しばらく暮らしの場所を他に移した方が安全だと勧めた。

「本日お伺いしたのは、落ち着き先が決まったからです」

膝前の手紙を読むように促した。

冴那は急いで手紙に目を通した。

「吟味役さまのお屋敷に、でございますか」

驚いて訊いてきた。

清七は深く頷いた。

「長谷家という事も考えたようですが、それでは危険があるかもしれぬと、結局吟味役の佐治さまのお屋敷に決まったようです。長谷の屋敷に比べると雲泥の差、部屋も庭も広く、使用人もたくさんいます。不自由はおかけしないと思います」

「……」

冴那は、ちらと夫の位牌を見た。そして言った。

「ここにはもう、帰ってこられないのでしょうか」

哀しげで未練のある表情である。

「いえ、またきっと戻れます」

「あなた……」

冴那は夫の位牌を取って胸に抱いた。

その時だった。ぬっと冴那の父庄兵衛が現れた。

「父上……」

冴那は庄兵衛に、三日の後にこの屋敷を出て、吟味役佐治さまのお屋敷に身を寄せることにしたと伝えた。

「父上もご一緒にお願いします」

そう言って手紙を見せたが、

「わしはここに残る」

庄兵衛は厳然として言い放った。

「父上」

「いったい全体、平次郎は何故殺されることになったのだ。組頭さまからこのような手紙を頂き、また、吟味役さまのお屋敷に身を寄せるようになるとは……冴那、平次郎は何か悪いことに手を染めていたのか。もしもそういう事なら、とんだ婿どのだった訳だな」

「父上、あまりのお言葉。今更でございますが、父上はお気づきになりませんでしたか……旦那さまは、平次郎さまは父上に、良い婿を迎えたと、そう思って貰いたいと、ずっと願っていたのでございます」

先ほどまで涙を流していた冴那とは思えない、きっぱりとした口調で庄兵衛に言った。いや、対峙したと言っていいほどの迫力があった。

「ふん、そんな事は分かっておったわ」

「分かっていらしたなら、なぜ、一度でもいい、平次郎さまに優しい言葉を掛けていただけなかったのでしょうか」

「お前は何を言いたいのだ」

「わたくしは、平次郎さまが何かに巻き込まれて、無残にも殺されてしまった根っこは、そこにあったのではないかと、今日ここに座って平次郎さまの位牌とお花見をしていて、そう思いました。平次郎さまは口癖のように言っておりました。一歩でも半歩でも、父上を越えなければと……」

「馬鹿なことをいうものだ。もしも、そんな愚かな感情で、平次郎が誰かの奸計にはまっていたなどという事になれば、もうこの家は終わりだ。馬鹿な婿のために家は潰れるのだ」

「父上！」

「いいか、わしもお前にいまさらだが言っておく。わしは、平次郎に不満を持ったことはない。婿として迎えたのはこのわしの目にかなったからではないか。そうでなくては、ここで一緒に梅の花見などするものか……」

庄兵衛は、庭の梅の花を見遣った。

「先祖代々、この梅の花を愛《め》でてきたのだ。平次郎も一緒にな……倅だと思っていればこそだ」

庄兵衛の声はしみじみと聞こえた。感慨に胸をつまらせたようだった。

一陣の風が吹いた。家の中に甘酸っぱい梅の香りが一段と強く届いた。

庄兵衛は、顔を戻すと、

「わしはこの家を守る。町人風情の使いでは信用もならんわ」

ふんと鼻をならした。

「おじさま」

おゆりが言った。

「こちらのお方は、町人のなりをなさっていますが、長谷半左衛門さまのご子息でいらっしゃいます」

「何……」

庄兵衛は、驚いて、清七の顔をじっと見た。

「すべてこの方が、坪井家の先々のことも考えて、お話をすすめて下さっているのです。都留さまは女のお子さま、それにまだ幼い。長谷さまを信じて決心して下さい」

おゆりの咄嗟の機転は庄兵衛も冴那も驚かせたようだった。

長谷家の倅だなどと言ってもらっては困ったな、と清七は思ったが、なんと立っていた庄兵衛が膝をついたのだ。そして清七に言った。

「かたじけない……」

清七は、おゆりと顔を見合わせた。

正直なところ、父親の庄兵衛が素直にこちらの言うことを聞いてくれるのか不安だったのだ。

清七は、ほっとして頷いた。

「おゆり、お前はこの梅を見るのは何度目だね」

縁側に座った藤兵衛は、お茶を運んで来たおゆりに訊いた。

「四度目です」

おゆりは微笑んで言った。

紀の字屋の小さな庭には、梅も桜も植わっているが、坪井家の庭にあるような大木ではない。

それでも毎年、花を咲かせて、紀の字屋の者たちの目を楽しませてくれている。

「満開ですね」

おゆりも座って、庭の梅の花を見た。

——もうお屋敷を出た頃かしら。

おゆりは坪井家に思いを移した。

今日は坪井家が吟味役の屋敷に移る日である。

清七も、与一郎も小平次も、手伝いのために坪井の家に行っている。

長谷の屋敷からも、桑井尭之助、それに垣原治三郎も加わって、坪井の家族を警護しながら吟味役佐治の屋敷まで送ることになっている。

当座の着替えなどの荷物は、一昨夜のうちに運んでいたから、今日は身ひとつで屋敷を出る筈だ。

見張りの事も考えて、裏口から密かに出るのだと清七は言っていたが……。

都留はまた、紙風船を手にして母と駕籠に乗るのだろうか。

冴那は、庭の梅になんと言って別れを告げただろうか。廊下で夫の位牌と梅の花見をしていた冴那が思い出される。

冴那は、心の中で、昔菅原道真が詠んだという歌を思い起こしているに違いない。

東風《こち》ふかば　匂いおこせよ梅の花　あるじなしとて春な忘れそ

九州に配流《はいる》となった道真が京を発つときに詠んだものだが、冴那たちは今それと同じ心境でいるのではないか。

——いいえ、きっと近い将来、お屋敷に戻れます。

おゆりは、紀の字屋の庭の梅に、密かに冴那一家の前途を祈った。

第三話　山桜

一

「どうですか、ご飯……美味しいでっしゃろ？」

『松乃屋』という暖簾を掛けた、煮売小料理屋の女将《おかみ》は、黙々と箸を動かしている小平次と与一郎に訊いてきた。

煮売小料理というのは、小料理屋という程もったいぶってはいないが、煮売を含めた料理は美味いよ、という意味だと女将は言った。

女将には、上方のなまりが残っている。さばさばした感じの女で、器量もそこそこ、店は人気があるようで、客は町人ばかりか二本差しの武士の姿も見える。

「確かに美味い。おかずがまずくても食べられる」

与一郎が、もごもごと口を動かしながら言った。

二人は大茶碗に白いご飯を山盛にして貰って、遅い昼飯を食べているところだ。

「ちょっと、その言い方はないんやないの。確かにお米は近江《おうみ》のお米、おいしいに決まってるけど、おかずかて美味しい筈やで。その鯖の味噌煮はな、京都の味噌とりよせて、それで炊いてんねん。それにその大根は紀州からのお取り寄せやし……まあね、うちの煮物食べたら、余所《よそ》の物は食べられへんのや」

与一郎は、うんうんと頷いた。

女将はにんまり笑うと、腰をかがめて二人に顔を近づけて小声で言った。

「お侍さんかてな、ここのお米は、おいしいおいしいて言うねんで。言うて悪いけど、御米蔵で配給されるお米なんて、まっずい、まっずい」

顔をしかめる。だいたい上方の、しかも大坂人は、表現が大げさだが、女将も例外ではない。

与一郎がにやにや笑って訊いた。

「配給の米がまずいって、ほんとの話？　それ……」

ちらっと、むこうで大茶碗片手にもぐもぐやっている武士を見る。

「はいな、ここに来るお侍、みな、そういわはるで。なんか色かわってるらしいわ」

「そっ、茶色になってるらしいで。真っ白いお米が茶色やて、何年前のお米か分からんわ」

「色が……お米の？」

与一郎と小平次は顔を見合わせて笑った。大げさな言い様だと、その顔には書いてある。

「まあ、こんな話したって嘘や思うやろけどね。お武家さんやいうても、みんながみんな、美味しいお米を食べてる訳やないんやってこと……お代わりしてもえから、ゆっくり食べて」

女将は、急に何かを思い出したように、帳場に消えた。

確かに客は武士が多かった。なにしろこの地は、松島町というのだが、周りの一帯はぐるりと武家地で、この松島町だけが町地になっている場所だ。

調べたところでは、享保の初めには町奉行所の組屋敷だったところらしい。

松島町一帯は中の組と呼ばれていたらしいが、享保四年の四月に町屋になってしまったようだ。

二人は隣接する武家屋敷名の確認のためやってきて、腹ごしらえのためにこの店に入ったのだった。

「それはそうと、さっきちらっとお聞きしましたけど、あんたら切り絵図作ってる方ってほんまでっか」

女将は、よく漬かった大根の漬け物を手に戻ってきて話しかけた。

「まあな」

小平次が頷いた。

「すると、ここには何があって、隣には何があってと、町の地理には詳しいわけやね……」

女将は漬け物を置いて、これは私のおごりだから食べてね、なんて気前が良いことを言う。

そう出られては答えない訳にはいかない。面倒くさいなと思いながらも与一郎が言った。

「調べるっていったって、この町筋は何という通りか、町名は何か、ここに神社があるとか、稲荷があるとか……」

「じゃあ、長屋なんかはどない？」

「いや、そんなところまでは」

「そう……」

女将はちょっぴり落胆したようだった。

「何か？」

「ええ、長屋なんかも調べるんやったら、ちょっとついでに頼もうかなって思ったわけ」

ついっと漬け物を押してきた。遠慮せず早く食べろといわんばかりだ。それも、漬け物は頼みごとのお代よと言わんばかりである。

——漬け物ひと皿で、頼み事か……。

信じられん程の図々しさだなと思っていると、

「頼んでもええよね」

女将の方から念を押してきた。

「いったい何だい……女将さんに頼まれても、こちとらお役人のように力を持ってる訳じゃねえからな。役に立てるかどうかな……だから、この漬け物代は払うよ」

小平次は、漬け物を口に入れて、ぽりぽりやりながら女将に言った。ともかく何であれ厄介な話は頼まれても困る。今は最新の切り絵図作りと、つい踏み込んでしまった妙な事件のことで手一杯、清七ばかりか、二人も落ち着かない日々を送っているのだ。

「ええやん、食べてえなあ」

女将は押し返して来て、

「これも何かの縁や思て、お頼みします」

殊勝な顔で両手を合わせた。

「困ったお人だな。じゃ、話してみなよ。そのかわり、引き受けられない事だったら、きっぱり断らせて貰うよ、それでもいいかい」

「もちろんや」

女は笑顔で、二人の顔を順番に見た。

「お願いしたいのは、亭主のことなんよ。そやね、正確に言うと、元亭主やけど……」

「元亭主の話……」

与一郎は呆れた顔で言った。

「ええ、そうなんです。一年前に、亭主に女がいるて分かって、あたしは許せなかったんです。だって、あたし、もう気付いてる思うけど、大坂の生まれなんですよ。ご覧のように、自分で言うのもなんやけどあたしも人の目をひくような美人やし、あの男はいやや、この男も遠慮するわて言うてるうちに行き遅れてね、世間の眼が気になりだした頃、何代か前に、大坂からこのお江戸に店を出してるお人がいて、その跡継ぎにええ男がいる。真面目で働きもののようやから嫁に行ったらどうかって言ってきてくれてね……それであたしも承諾して一緒になったんですけどね……」

「……」

二人は漬け物を噛みながら、女将の話に耳を傾けた。

女将の名はおみつ、元亭主の名は富之助《とみのすけ》というらしいが、二人は人の仲立ちにより所帯を持った。

富之助の先祖は江戸開府時代に大坂から出てきた人で、元吉原と現在呼ばれている住吉町あたりで女郎屋を営んでいたらしい。

ところが明暦の大火で店は丸焼けになり、吉原が浅草に移転するに及んで廃業し、元吉原となった住吉町で小料理屋を始めた。

ところが店の経営はうまくいかない。そこで、享保の頃になって、中の組と呼ばれていた組屋敷が町屋になる折に、住吉町の店を人に譲って新天地のこの場所で商いを始めたのだという。

「ここに移ってきてからだって百年以上ですからね、大昔の勢いはないかもしれんけど立派な店はあるんやから、二人で店を盛り返そうって頑張ってたんですよ。それがある日突然、女がいるらしいって人の噂で聞きまして……そういえば、近頃酔っ払って帰ってきたり、女の化粧が着物の胸あたりにうっすらついてたり……あたしは頭にきて問い詰めてやったんですわ。そしたら、相手は可哀想な女で、ついほだされて……いっぺんきりや、とかなんとか言い訳して……そんな言い訳、許せる訳ないやないですか。そやからあたし、ここは厳しくせなあかん思て、追い出してやったんです。そのうち謝って帰って来れば落ち着いて商いに身を入れてくれるんやないか、そう思てたんです。そしたら、次にひょこっと帰って来た時には、まだ帰れねえ、すまねえが一両でいいからお金をくれなんていうやないですか。それであたし言うてやったんです。あんた、忘れてんのと違う？……あたしと一緒になる時、なんて言うた？……おまえの他には、どんな女も目に入らねえ。嘘はつかねえ。万が一この先、俺が女を作っておまえに恥をかかせるような事があったら、店はおまえにやるよ、全部やる、そう言うたやろって。あたしね、怒りで頭がいっぱいになってしもて、あいつ、いや、亭主の頭をひっぱたいてやったんですわ。そしたら、謝るどころか、分かってる、好きにしてくれ、なんて言うて、まあた家を出て行ったんです」

おみつの説明はよどみがない。

二人は頷いて聞いているが、伊勢屋、稲荷に犬の糞という程の、ありふれた夫婦喧嘩で面白くも何ともない。

そんなことにはお構いなく、おみつの方は、ますます熱が入ったようだ。

「まあ、そんな訳で、別れようていうことになってね……。亭主はどうやら、永富町の裏店に住んでる様子やったんです。ところが亭主の幼友達の留蔵《とめぞう》さんて人が、近くの裏店に住んでるんですけどね、手間取りの大工してるんですが、富之助がいなくなったって言ってきたんですわ。消えたって……」

「ふうん、女と姿を消したって訳だな」

与一郎が口を挟んだ。

なにしろおみつの話は長い。ようやく話は門口にさしかかったようだが、ここに至るまでに、そうとう時間がたっている。

切り絵図の調べはあらかた終わっているからいいようなものだが、与一郎にしてみれば、早く話を終えてくれといった心境だ。

だがおみつは、そんな事には頓着しなかった。あくまで自分の思いをしゃべり尽くしたいらしい。

「俺たちゃ、人捜しはやれねえぜ、仕事があるんだから」

小平次が釘を刺す。だが、

「ううん、そんなんやないの。留蔵さんが、あいつは、俺は命を狙われているなんて妙なことを言っていたから、誰かに殺されちまったのかもしれねえなんて、そんなこというもんやから、それで案じているんですよ。そやからね、富之助は本当に長屋にはもうおらへんのか、そこに女はいるのかいないのか、せめてそれだけでも知りたいんです」

「その留蔵って人に頼めばいいじゃないか」

小平次が言う。

「それがさ、たしか川越あたりで大工仕事があってね、二月《ふたつき》、三月《みつき》は帰れねえって、もう出かけてしまったんですよ」

「女将さん、じゃあ女将さんが……そんなに気になるのなら行ってやればいいじゃないか」

今度は与一郎が言った。すると、

「それが出来たら、皆さんに頼みませんわ。女がいる所に行ける？……悔しいわ、そんなこと……。でも、心配は心配なんよ。ねっ、そういう訳やから……。ついでにええの、行って見て来てくれるいうんなら、今日のこの払いはええわ、おごりです」

「分かった、近くを通った時でいいんだな」

与一郎は渋々頷いた。

漬け物だけでなく、昼飯までもおごりだというおみつの駆け引きに負けたと思われるのは悔しいが、適当なところで引き上げなければ、この上何を言い出すか分からない。

「じゃあ、そういう事で」

与一郎と小平次は、ほっとした顔のおみつに見送られて店を出た。

二

「何時《いつ》だっていいや、そのうちに立ち寄ってみるか」

小平次のその言葉で、おみつの亭主のことはケリをつけたつもりだったが、やはり二人は、亭主は殺されているかもしれない、と言ったおみつの言葉を頭から消し去る事は出来なかった。

「日が落ちるまでにはまだ一刻以上はある。行ってみるか、ついでだ」

与一郎は、江戸橋まで戻ったところで、ふと呟くように言った。

「そうだな、昼飯もおごってもらったんだからな」

小平次も同意して、二人は江戸橋から北に向かった。

西堀留川には、伊勢町に俵を運ぶ伝馬船が列を連ねて行くのが見えた。伊勢町は堀留の突き当たりにあった。昔から米河岸として有名な場所である。岸端にはずらりと荷揚げの蔵が立ち並んでいて、白い蔵の壁が日の光を受け、いっそう白く重々しく見える。壮観だった。

またここは米問屋だけでなく、近頃は茶問屋に傘問屋、畳問屋醬油問屋、蠟燭線香、指ではとても数えきれない様々な問屋が建ち並び、その問屋の蔵が堀端に軒を連ねているのであった。

二人は、伊勢町のたばこ問屋の横手から本町の通りに出た。

そして歩を西に取り常磐橋を前に見た所から北に向かい、本銀町《ほんしろがねちょう》に架かる竜閑橋から鎌倉河岸に入った。

ここに鎌倉、という名がついた由来は、築城当時この河岸は建築材料となる材木や石材が荷揚げされ、特に鎌倉から取り寄せた石材を上げた場所だという事による。

当時は横町に伏見や駿河からやってきた遊女屋が十四、五軒もあったらしい。しかし元和三年に、先の話の富之助の先祖も店を持った元吉原に移されて営業を始めたようだ。

横町を歩いても、そんな昔の名残は見えないが、町に住む人たちはここが築城の荷揚げ場として選ばれたということを、昔のこととはいえ、とても自慢にしているのである。

二人は、このたびの絵図作りの調べで聞いた、そういった自慢話をする町の人たちの顔を思い出しながら、おみつから聞いていた長屋を捜した。

元亭主が住んでいる長屋は、『柏屋』という餅菓子屋の横手にある木戸を入ったところにあった。

丁度外から帰ってきた女に富之助の家を訊いてみると、

「あそこだけど、いませんよ」

女は長屋の一軒を指さしたが、訝《いぶか》しげな目で二人を見た。

「俺たちはあやしい者じゃねえ。前の女房から頼まれて、元気にしてるかどうか、様子を見に立ち寄っただけだ」

小平次はそう言って、本業は日本橋の紀の字屋という絵双紙屋で、今は御府内の切り絵図をつくっている者だと告げた。

「へえ、そんなものがあったのかい」

女は切り絵図と聞いて驚いた顔をしてみせたが、すぐに顔を曇らせて、

「それがさあ、いなくなっちまったんだよ、あの人」

と小声で言った。

やっぱりそうか、おみつの案じていた通りだなと、二人は顔を見合わせてから、与一郎が訊いた。

「それで、何処に行ったのか分からないんですね」

「分かりませんね。なんにも言わないで、どっかにいっちまったんだから」

「すると、女は……一緒に暮らしている女がいるだろ」

小平次が訊いた。

「お品《しな》さんていう人の事だね。あの人、三月《みつき》ほど一緒にいたかしらね、ここに……だから富さんと暮らしたのは三月って事だよ。長屋のみんなは、あれは女房

じゃないね、なんて噂してたんだ。そしたらなんと、荷物まとめて出ていったんだよ。なあに、荷物と言ったって風呂敷ひとつだけど。あの女は、最初から長屋にはなじまない女だったからね。だって、昼まで寝てさ、そこの井戸端で、両手を伸ばしておおきなあくびするような女だもの」

女は口を大きく開けて、拳をつくった手を天に伸ばしてあくびをする女の自堕落な姿をやってみせた。

「ありゃあ女郎上がりの女だったね。富さんには似合わない女だったよ」

「じゃあなんで富之助さんは、長屋を出て行ったんだ……まさか女を追っかけて出て行ったんじゃあるまいな」

与一郎は、ちらと長屋を見渡した。

両脇四軒四軒ずつの長屋だが、夕食の支度にはまだ少し早い時間で、井戸端にも路地にも誰もいなかった。

「いえ、違うと思いますよ、それは……これはあたしの考えなんだけど、何かに怯えていたようだったから、それで長屋に帰ってこないのかもしれないって……」

「すると何かやらかしたっていう事かな」

「それは分かりませんが、どれぐらいになるかしら、ここに恐ろしい顔つきをしたお侍さんが二人やって来てね、暗くなるまで富之助さんを待ってた事があったのよ。結局暗くなるまで待ってても富之助さんが帰ってこないものだから引き上げて行ったのね。それであたしが、その晩帰って来た富之助さんにその話をして上げたの……そしたら真っ青な顔して震えてた、俺は命を狙われてるって。それで私言ったのよ、本当にそうなら番屋に届けなさいよって。その翌日だったと思うわね、富之助さんが消えてしまったのは……」

「じゃあ、どこかに行ってから、何日もたつんだな」

「ええ、もうひと月ぐらいかしら」

「………」

「あたしね、ひょっとして、もう殺されてしまったんじゃないかと心配してるの」

「侍に命を狙われるなんて、いったい富之助さんは何して食ってたんだね」

小平次が訊くと、長屋の女は小さな声で言った。

「船頭ですよ」

「船頭……」

「ええ、若い時におもしろ半分に、渡し船の船頭に船の漕ぎ方を教わっていたとか言ってね。昔取った杵柄が役にたつとかなんとか言っていたわね」

「すると、どこかに雇われていたんだな」

「いいえ、常雇いじゃなかったようですよ。口入屋を通じて、仕事があれば出かけていく、だからあっちに頼まれればあっち、こっちに雇われればこっちってね」

「どこの口入屋なんだ」

「多分、鎌倉河岸にある『弁天屋』じゃないかしらね」

女は言い、じっと二人の反応を盗み見た。


「いかがですか清さん、あっしがいうのもなんですが、この絵図は、こうして広げて眺めても飽きねえ美しさがある。風景画の北斎さんや広重さんや、これまで見て来た人気の美人絵などと同じように心惹かれる、語りかけてくるものがあるんですな。不思議なものですよ」

摺師の喜八は、おゆりが出した羊羹を口に運びながら、切り絵図を褒めた。

「親方、少し褒めすぎなんじゃねえか」

小平次が笑った。

「いえいえ、あっしはこんな人間です。お世辞は嫌いだ。気にいった仕事しか引き受けねえ。あっ、そうそう、おゆりさん、切り絵図の紹介を摺りこんだ包み紙ですが、もう品切れになっちまったんじゃありやせんか」

「ええ、またお願いしなくてはならないのですが、喜八さんのところはお忙しいのではないかって遠慮してたんです」

「紀の字屋さんの仕事だ。うちには職人はたくさんいますから遠慮なくおっしゃって下さい。倅にもぼちぼち仕事をやらせてみようかと思っていやしてね」

「まあ、もうそんな年になったんですね。何時だったか、一度一緒にこのお店に来ていただいた事がありました」

その時は、まだ喜八の倅は初々しい少年で、十二、三歳だった筈だ。

「へい、こちらの店先で頑張ってる忠吉と似たような年頃でした。今はもう十七となりやしたから、少しずつあいつの手に負える仕事からやらせてみようと思っておりやす」

「そういう事でしたら、是非、お願い致します」

「さいですか、あっしも眼を光らせてますんでご心配なく」

「心配なんてするものですか。喜八さんの息子さんですもの。楽しみにしています」

「ありがとうございやす。それじゃあ」

喜八はおゆりの言葉を潮に腰を上げた。

「清さん、与一郎さん、三、四日したら参りやす。それまでにご確認下さいやし」

喜八は、広げている版下絵にちらと視線を流すと帰って行った。

清七が文字を確かめ、与一郎が色の具合を吟味したのち、日本橋北之図は本刷りに入る。

いつもの通り、初刷りは二百五十枚だが、切り絵図の種類が増えれば増えるほど売れ行きも良く、手がけたこの仕事は間違いなかったという確かな手応えをみんな感じていた。

次は日本橋南之図、これと並行して下谷の武家地を手がけるつもりだ。

日本橋南之図はこれまで八丁堀に住む与力同心の屋敷名が抜け落ちていて、それを入れた詳しい切り絵図を世に出す必要に駆られてのことだったが、下谷《したや》も武家地が多く、これまでの切り絵図を買ってくれた客の要望で、急がなければならないところである。

清七たち三人は、その区割りで、今日は頭を寄せているのであった。

「喜八さん、珍しくゆっくり世間話などして……きっと息子さんの事が話したかったのね」

おゆりはくすりと笑って腰を上げたが、すぐに忘れていたことを思い出したように座り直した。

「清七さん、それはそうと、坪井平次郎さま殺害の一件ですが、何か進展があったのでしょうか」

「いや……」

清七は首を横に振った。

「そう……ないんですね」

おゆりは肩を落とした。

冴那一家が吟味役のお屋敷に匿われてから、まもなく一月《ひとつき》が経とうとしている。

おゆりは冴那を訪ねることもままならなくて、やきもきしているのであった。

「すると、清七さんは、坪井の家がどうなるのか、それも聞いてはいないのですね」

清七は、顔を上げて頷いた。すると、

「そうだ、そのことだが」

与一郎が急に声を上げると、

「おい、清さん、これを見てくれ」

懐から一枚のよみうりを出して広げた。

「何だ、これがどうかしたのか……」

清七は怪訝な顔を向けた。

よみうりには、一月半前に坪井平次郎が殺された事件が載っていたが、その事は清七も知っている。

「実はな、清さん。このよみうりだが、長屋から突然姿を消したという船頭の家にあったものなんだ」

与一郎は、おみつという女将から頼まれて、永富町の長屋に元亭主の富之助を訪ねたいきさつを、順を追って話した。

「長屋の女房も、もう一月も富之助は帰って来ていないという。それでその近所の女房立ち会いで家の中をみせて貰ったんだ。そしたら家の中にこのよみうりがあった。それで長屋の女房が思い出してこんな事を言ったんだ。……『そういや、思い出した。雨の降る日だったかね、富さんがこのよみうりを手に帰ってきたのは……それであたしが、何か面白い話が載ってるのかねって訊いたらば、いやって……もうその時からだね、恐れてるというか怖い顔になったのは』ってね」

「聞き捨てならん話だな」

清七が言った。

「なにしろ坪井さまの話だからね。長屋の女房にも断って、このよみうりを持って帰ってきたって訳だ」

与一郎の説明に、小平次も黙って頷き相槌を打った。

おゆりは、よみうりを手に取ってじっと見詰めた。冴那とも会えないだけに不安は募るのである。

清七は大きくため息をついた。

坪井平次郎殺しの事件の闇の深さ、恐ろしいまでに張り巡らされた悪の手、これを解決するのは容易ではない。

清七は、果てしない迷路に踏み込んだような気がした。

三

「切り絵図は随分人気があるようじゃないか」

藤兵衛は、おとよに膳を下げさせると、控えている清七に声をかけた。

医者の指示で、近頃の食事は白米を止め、玄米や雑穀を食べている。少し顔色も良く、暖かい日には庭に出て歩いていて、見た限りでは病は恢復にむかっているように見える。

すると本人も店のことが気になるらしく、今日はおゆりが大伝馬町の紙問屋に与一郎と出かけて行くと、自室に清七を呼んだのだった。

「お陰様で今のところは順調です」

清七は言った。実際のところ商人町人ばかりか大名屋敷からもまとまった注文が入っている。

「もうこの店は、清七、お前さんの店だ。わしも何時どうなっても安心だと思っている」

藤兵衛は笑った。病状の悪化を隠して強がりを言っているのではなかった。恢復の兆しを自覚したような明るい笑顔だった。

「とんでもございません。親父さんには元気でいていただいて、相談相手をお願いしたいと思っています」

「私の目に狂いはなかったと思ってね、ほっとしているんです。小平次も与一郎も実に良く働くものだとね、感心している。三人が手を携えてやっていけば、紀の字屋のこの先は安心だ」

「おそれいります」

清七は礼を述べた。

「旦那さま、お茶をお持ちしました」

おとよはまもなく茶を運んで来た。

気を利かせて、二人分持って来ている。藤兵衛の前に置き、清七の前にも出すと、静かに部屋を出て行った。

その間二人は、庭を眺めていた。

梅の花は散り、今は桜が満開だ。紀の字屋の庭は小さな庭だが、一年を通して退屈しないように藤兵衛は木や草に丹精をこめている。

「清七……」

ひと口、ふた口、茶を喫してから藤兵衛は声を掛けた。

「どうだね、もうそろそろ所帯を持っては……」

「はっ」

清七は聞き違えたかと思って顔を上げた。

藤兵衛は湯飲みを両手で挟むように持ち、その目は庭を見詰めている。その顔をゆっくりと清七の方に回して、改めて言った。

「いつまでも一人という訳にはいくまい」

「いえ、今それどころではありません。ようやく切り絵図を立ち上げましたが、まだまだ油断がなりません。所帯を持つなど考えたことがございません」

清七は慌てて言った。

「そうかな、所帯を持って、ここに腰を落ち着けて仕事をして貰いたいのだが」

「いいえ、今は仕事で頭がいっぱいです。他のことを考える余地はありません」

「………」

藤兵衛は苦笑して、残っているお茶をゆっくり飲んだ。

藤兵衛の落ち着いた態度とはうらはらに、正直清七は動揺していた。

確たる家も無い浪人に誰が嫁してくれるというだろうか。第一、自分の糊口をしのぐのが精一杯で、所帯を持つ、などという言葉は、自分には無縁のものだと思っていた。

それに、一月前には長谷の父親から、長谷家の次男として届け出るなどと聞かされたばかりだ。

そうなれば自分は、正真正銘の長谷家の冷や飯食いという事になる。

冷や飯食いという身分は、さまざまに制約を掛けられて、少しも自由にはならないらしい。所帯など持てる筈もなかった。

考えようによっては、浪人でいる方がまだ妻《めと》を娶る機会に恵まれるかもしれないのだ。

――見果てぬ夢だ。

いずれにしても、俺には無縁なことだと、思わず清七は苦笑した、すると、

「まっ……」

藤兵衛は飲み干した湯飲みを下に置くと、

「急ぐことはないが、そのうちに考えてくれ。一人でいるより所帯を持った方が世間に信用されることはたしかだ」

藤兵衛は、自分も一人身のくせに、そんな分別くさい事を口走り、

「いや、実はな。おゆりの事をどう思っているのかと、一度訊こうと思っていたのだ」

「おゆりさん……」

清七は驚いた。

まさか藤兵衛の口から、おゆりの名が出てくるとは思わなかったからだ。所帯を持つことまでは考えもしなかったが、おゆりの存在は、清七の胸の中で膨らむばかりだったから、藤兵衛に自分の胸の内が悟られたのかと、ひやりとした。

清七は、背筋を伸ばして大きく息をついた。

「そうだ、おゆりの事だ。わしが見るところ、おゆりはお前さんを心底慕っている」

「……」

「お前さんも知らぬ訳ではあるまい」

「……」

「わしは二人が一緒になってくれたらと、ずっと考えていたのだ」

「お待ち下さい」

清七は藤兵衛の言葉を遮った。

「親父さん、親父さんの気持ちは有り難いのですが、先ほども申しましたように、今仕事に全力を注がなくては、店のこの先が安泰という訳にはいきません。妻帯のことは、しばらくお待ち下さい」

「おゆりは嫌いか……」

「いえ……」

清七は言い澱んだ。どう返事して良いのか、適切な言葉が見つからなかった。

――第一、親父さんはそういうが、果たしておゆりの本心は本当にそうなのか……。

清七には、そんな話を先に進める自信がなかった。

清七は、一礼して立ち上がった。

その時廊下の端で、慌てて体をひっこめた人がいることなど、清七は知るよしもない。

その人は、おゆりだった。

紙問屋から帰ってきたばかりで、おとよから奥の座敷に、藤兵衛と清七がいると聞き、報告しようと廊下に出ようとしたところで、二人の会話を聞いてしまったのだった。

藤兵衛が自分の気持ちを代弁してくれたのは驚きでもあり嬉しかったが、それに答える清七の言葉には、少なからず落胆していた。

おゆりは身動きひとつせず二人の話を聞いていたが、清七が立った気配を知り、慌てて部屋の中に身を隠したのだった。

おゆりはそこに立ち尽くしたまま、全身を耳にして、清七が店の方に引き上げて行く足音を、じっと聞いていた。


そのおゆりと、清七が母の墓前に向かったのは数日後のことだった。

久しぶりに墓参りに行くという清七に、おゆりも藤兵衛の代理としてついてきた。おゆりは、わざわざ花屋から黄色い水仙の花を取り寄せて、墓に供えるのだといい、胸に抱いている。

墓は下谷の光輪寺、日本橋からの長い道のりを、二人は当たり障りのない世間話をして歩いた。先日の藤兵衛の話があってから、清七はおゆりの存在が、一層親密に感じられたが、一方で扱いかねる重いものになっていた。

もちろん清七は、おゆりが、あの時の話を聞いていたなどという事は知らない。

おゆりの態度が、なんとなくぎこちなく感じられるのも、清七は自分の気のせいだろうと思っていた。

二人が神田川にさしかかった時だった。

「清七さん、昨日永富町に一度行って見てくるのだとおっしゃって、お店を早くお出になりましたね。いかがでしたか」

おゆりがふいに尋ねた。

「うむ、長屋の女房の話では、まだ家に帰ってきた形跡はないと言うことだったな」

急に坪井平次郎の事件に関わりがあるかもしれない船頭の話になって、清七はほっとした。同時に、一挙にその思考は事件の方に向けられた。

清七は昨日、火の消えた富之助の家の前で、長屋の女に聞いた話を思い出していた。

丁度日暮れの六ツ頃のことで、長屋のどの家にも、慎ましやかな灯りがともっていたが、富之助の家だと聞いたそこの腰高障子だけは、漏れる灯りもない侘しいたたずまいをみせていた。

清七は、せんだってここに来た与一郎と小平次の仲間だと女房に告げると、女房は二人をよく覚えていたらしく、最初から気を許して話してくれた。

「それがさ、この間お二人が来たあとで、まあた、妙なお侍さんが二人、富さんが帰っていやしないか調べに来たんですよ」

女房は、なんだか恐ろしいねって、長屋の連中とも話し合っているのだと言った。

「そうか、侍が来たのか……浪人かな」

「いいえ、ちゃんとした身なりで、浪人じゃありませんでしたね。羽織袴姿でしたよ。月代《さかやき》もきちんとそって髷《まげ》も結ってる、身なりは良かったですね。但し、目つきが悪くって……富さんのいない家の前で、なんだかひそひそ話していたけど、あたしがいったん家の中に入ってね、やっぱり気になるから外に出てみたら、もういなかったんだ。ほっとしたけどね」

「歳は……何歳ぐらいだったのかね」

「さあてね、三十歳くらいの人と、もう少し歳の上の人と、二人だったんだけどね」

「顔は……何か覚えてないかな。鼻筋が通っていたとかなんとか」

「二人とも怖い顔してたってことぐらいしか……そういえば、歳上のお侍は、ちょっと禿げ気味でしたね。髷もなんだか、とってつけたような感じで……」

女房は、首を捻って、

「まさか、かもじ使ってるって事はないでしょうが……」

そう言って笑ったのだった。

清七はおゆりにその折のことを順を追って話し、

「分かったのはそれぐらいだったな」

清七がそう締めくくると、おゆりは静かに頷いていた。

与一郎は今日は喜八に摺りを頼むために紀の字屋にいるが、小平次は富之助が仕事を貰っていたと思われる口入屋を当たってみると言っていた。

それで少しは、富之助のことについては分かるかもしれないのだ。

「ああ、こちらですね」

おゆりの声に、清七は立ち止まって頷いた。

いろいろ考えていて、うっかり母の墓のある光輪寺の前を過ぎるところだったのだ。

二人は桶に水を汲み、持って来た線香を手に握って、墓地に向かった。

寺の小坊主が、にこりと笑って本堂の方に駆けていった。まだ十二、三歳の小坊主である。

あの歳で、親元を離れての厳しい修行に耐えているのかと思うと、清七は胸が熱くなる。

小坊主を見送って二人は墓地の入り口に立った。

そこには大きな山桜が八方に枝を伸ばし、まだ花を咲かせていた。

仰ぎ見ると、赤茶けた柔らかい葉の間に、薄い桃色の一重の桜が見える。

「綺麗……」

おゆりが桜を見上げて呟いた。

その喉元の白さに、清七は思わずどきりとしながら、

「桜も山桜で終わりだな」

がらにもなく、風流者の口調になった。

「ええ、でも私は、吉野の桜よりも、こちらの山桜が好きです。つつましくて、清浄な感じがしますもの」

「ふむ」

清七は笑みを浮かべて頷いた。

肩を並べて歩きながら、おゆりらしいなと思った。

――おや……。

清七は母の墓の前で立ち止まった。

白い水仙の花と線香が手向《たむ》けられている。

――父か……。

何時かそういう事があったなと、俄に胸躍らせて今来た墓地の道を眺めたが、父の姿は無く、見えているのは墓地入り口に枝を伸ばしているさっきの山桜だけだった。

「どなたかいらしているんですね。どうしましょう、このお花、一緒に挿してしまいますね」

おゆりが持参した水仙の花を花入れに入れている時だった。

「清七郎さまですね」

後ろで声がした。

「そうだが……」

振り向くと、見知らぬ武家の女中が立っていた。

「お墓参りを済まされたら、庫裡《くり》までお越し下さいませ」

と女中は言った。

「私、織恵さま付きの女中で、萌《もえ》と申します」

「何……織恵さま付きの女中……」

「清七郎さまには初めてお目にかかります」

萌は一礼したのち、

「織恵さまがいらしておりまして、小坊主さんが清七郎さまがいらっしゃったという話をしたものですから、是非お会いしたいとおっしゃって……」

「分かりました。すぐに参りますとお伝え下さい」

「では……」

萌は、庫裡の方に引き返して行った。

——なぜ織恵さまが母の墓に……。

この墓のことは長谷家の者には知られていない筈だ。首を傾げて萌が去った山桜の方に眼をやった清七は、はっとした。

なんとそこに、萌をともなって織恵が立っているではないか。

織恵はこちらに会釈を送って来た。織恵は黄白色の着物に鶸茶《ひわちゃ》色の帯を締めている。

それは、山桜の下に淡い光を放っているようにも見え、立ち姿は凜として絵のようだった。

「織恵さま……」

おゆりが、眩しいものを見たように呟いた。

「お久しぶりでございます」

母の墓前に線香を上げた清七は、山桜の下で待っていてくれた織恵の元に歩み寄って頭を下げた。

おゆりも一緒に頭を下げたが、すぐに少し控えて立った。

二人の会話を邪魔しないようにという心配りである。流石にこういう所は武家の出の娘、心得たものである。

織恵も、おゆりに頭を下げてから、清七に向いた。

「せんだってはお父上さまのお部屋にいらしていたとか」

「はい」

「お会いしたかったのに、残念でした」

織恵は笑みを浮かべた。心なしか寂しげな笑みだった。

「申し訳ございません」

「今度はいつお帰りになるのかしら」

「さあそれはまだ……」

「今度お会いした時には、お借りした『女旅日記』の本をお返ししなくてはと思っています」

「いいんですよ、あれは……いつでもよろしいのです」

「いいえ、お返ししておかなくては……清七郎さま、わたくし、しばらく実家に帰ろうかと思っています」

「………」

清七は、驚いて織恵の顔をじっと見た。

織恵は少し痩せたように感じられた。いや、憔悴しているようにも見受けられた。

もともと織恵は体が丈夫な人ではないと聞いている。それに、長谷家での心労が並大抵なものではない事は、清七も承知している。

「ですからその前に、清七郎さまのお母上さまのお墓には参りたいと思いまして、それで思い切って出て来たのです」

「恐れ入ります」

おゆりも驚いたような顔で、織恵を見詰めている。聞き漏らすまいと、じっと耳を傾けているのだった。

織恵は、しめった声で言った。

「心のお優しい方だったとお女中衆から聞いています。それで、彦蔵さんにお願いして、ここを教えてもらいましてね」

「そうでしたか」

清七は頷いたが、すぐに訊いた。

「何故ご実家にお帰りになるのですか」

「少し疲れました」

織恵は寂しげに笑った。

清七はすぐに掛ける言葉が見つからなかった。長谷の家の事情を知っていればこそ、織恵の苦悩が分かるからだ。

「実家で休養して、少し考えたいこともございます」

「市之進さまはご存じなのですか」

「いいえ、旦那さまにも、お母上さまにも、まだ話してはおりません。でも、お父上さまには相談致しました。そしてお許しも頂いております」

「………」

「清七郎さま、お父上さまの力になって下さい。お父上さまもそれをお望みです」

「織恵さま」

「分かっています。おっしゃりたい事は……でも、お父上さまが頼りになさっているのは、清七郎さま、あなたです」

「………」

「そしてわたくしも……」

織恵は小さな声で言った。聞き取れない程の声だったが、思わず口からこぼれ出た、そんな感じだった。

「何時ご実家に帰られるのですか」

「良い日を見てと思っています」

「必ず、またお戻り下さい。市之進さまのためにも、長谷家のためにも……」

「清七郎さま……」

織恵は、清七の顔をじっと見詰めて、

「お会い出来てよかったです。わたくし何故だか、清七郎さまにお会いすると元気が出ます。今日はその事を、清七郎さまのお母上さまにもお話し致しました」

織恵は少し明るい顔で笑みを見せた。

そんな織恵を、おゆりはじっと見詰めている。

「私も織恵さまが長谷家にいらして、随分助けられました。近いうちにお帰りになるのをお待ちしています」

清七は言い、織恵に頭を下げた。

「それでは……」

織恵は軽く頭を下げると、萌を伴って去って行った。

山桜の下で織恵を見送った清七がふっとおゆりの顔を見ると、おゆりはまだじっと、織恵たちの後ろ姿を見詰めていた。

「俺たちも帰るか」

清七が促すと、おゆりは頷いたが、

「ほんとに、美しい方ですね」

ぽつんと呟いた。

四

小平次が三河町の口入屋『藤田屋』に辿り着いたのは、まもなく日も暮れようとした頃だった。

今日一日小平次は、鎌倉町や近辺の町の口入屋を当たり、おみつの元亭主の富之助が出入りしていなかったかどうか調べてまわったが、どこの口入屋にも富之助を世話したという記録はなかった。

本銀町の口入屋で、江戸開府時代から口入屋稼業が多かった三河町を当たってみてはと助言されてやって来たのだ。

三河町は、南から北に向かって、一丁目、二丁目、三丁目、四丁目と細長く続いているが、鎌倉河岸が江戸開府の時に、城造りの材木石材など資材を荷揚げし、多くの人足や従事する職人、それを指揮する武士たちで賑わったと同じく、鎌倉町に隣接している三河町もまた、城造りのための人集めに貢献した町でもあったようだ。

先に切り絵図を作るために調べた時には知らなかった事なのだが、本銀町の口

入屋から、

「あの町は今でも口入屋が多い。それも、お大名への人足その他の口入れをやっている。あそこなら、そのなんといったか、船頭なども世話しているに違いない。行ってみなされ」

　そう言われたのだった。

　小平次は三河町に賭けた。もうそこで見つからなかったら諦めるしかない。小平次は覚悟をして三河町に入り、二軒目の口入屋で、

「確かにございますな、富之助という名が……」

　帳面を捲っていた店の主は、そう言ったのだ。

「そうか、ありましたか」

　小平次は、疲れがふっ飛ぶ思いだった。

　ひょうたんのように顔の長い店主の顔が、七福神の福禄寿に見えた。

「それで、どこの船宿に雇われていたんで」

　上がり框に腰を据えて訊いた。

「お客さん、そんなところまでは話せませんよ」

　なんと福禄寿は冷たく断った。

「そんな事をいわねえで……仕方がねえ、何故富之助を捜しているのかその訳を話すとな……」

小平次は、女房のおみつから頼まれたいきさつを話した。

「あの人、いなくなったんですか」

福禄寿はびっくりした顔をした。

実はまだ渡してない手間賃があるのだという。

「取りに来ないので、どうしたものかと案じておりましたが、そうですか、そんな事が……分かりました。お話ししましょう。富之助さんは、この帳面で見ますと、そこの、鎌倉河岸の船宿『島村屋』の仕事をしておりました」

「島村屋、ですな」

小平次は念を押して福禄寿の店を出た。

日も暮れかけている。堀を航行する船もまばらだ。

このまま店に戻りたい気分だが、あまり手間取れば紀の字屋の仕事に支障が出る。

小平次はまもなく、鎌倉河岸にある船宿、島村屋の暖簾をくぐっていた。

「富之助さんが行き方知れずに……」

島村屋の番頭で宗助《そうすけ》という男は、驚いた顔で小平次を見た。

「へい、女房とは訳あって別居していたんですが、その女房にも黙ってどこかに消えちまったというので、もしや、こちらで何かご存じではないかとお訪ねしたような訳でして……」

小平次は、二人の関係を、別れた夫婦だとは告げなかった。元夫婦だなどと言えば、何故捜してるんだと言われるかもしれない。

「いや、存じませんな。近頃船頭を頼むと別の人がやって来るものですから、おかしいな、とは思っていたのですが……」

番頭宗助の方が怪訝な顔をする始末だ。嘘はついていないなと小平次は思った。

「じゃあ、富之助さんが客と何か不都合なことがあったとか、そういう話も聞いてないんでございやすね」

「はい」

「もうひとつ、こちらで富之助さんが船頭をした最後の客の名は分かりますか」

「ちょっと待って下さい」

宗助は帳場の台にあった大福帳を捲った。

小平次は、宗助が捲る紙の音を聞きながら、周囲を見渡した。

島村屋は古い船宿だった。柱は黒光りがする程磨いてある。

二階から女連れの裕福そうな商人が下りてきて、堀端で待機している屋根船に乗り込むと、入れかわりに船遊びから帰って来た武士三人が二階の座敷に上がっていく。これから馳走を食べるつもりらしい。

結構お客は上客ばかりのように見えた。

「ああ、これですね」

宗助の声に、視線を戻すと、

「最後のお客は、滝山藩邸のお侍さん、四人ですね」

「名前は……」

「分かりません。おそらくこちらで食事をなさっていて、俄に船をご希望になったのではないかと存じます。数日前からのお申し込みなら名前もお聞きしている筈ですが……」

「念のためにもう一度お聞きするが、その時のお客と何かあったというような事は」

「ございません」

小平次が言い終わらないうちに、宗助は小平次の言葉を遮った。

「船をご使用のあと、またこの河岸まで乗って帰ってきておりますが、お客さまはたいへん機嫌が良かったと、ここに書きとめてあります」

段々宗助は、面倒くさそうな顔になって来た。

「お手間をとらせやした」

小平次は、すっかり暗くなった河岸に出た。


「そういう訳でね、あっしが思うに、やっぱり富之助は、お品という女の後を追って姿を消したのかもしれねえぜ」

小平次は、口入屋や船宿を調べても何も出て来なかった事を、清七と与一郎に話した。

「皆さん、お茶はどうかね」

おとよが台所から大きな声で言った。

夕食を終え、一服しているところである。

「じゃあもう一杯頼むよ」

与一郎が言った。

と、その時だった。

店の戸を叩く音がする。

三人は顔を見合わせた。

店は閉めたあとで、庄助も忠吉も家に帰っていない。

「見てきやす」

小平次が立って行った。

「すまねえ、こんな時間に……」

やって来たのは、どうやら岡っ引の寛七のようだった。

「どうも、夜分にすみません。食事中でしたか」

寛七は頭を下げて小平次と一緒に茶の間に入って来た。

「いや、もう、終わったところだが、何かあったのですか」

清七は、寛七に座を勧めた。

「へい、今日摑まえた万引き野郎が、妙な話を始めたもんですからね。清七さん、一度奴にあって話を聞いてみませんか」

寛七は言った。

「親分、妙な話とは、どんな話なんだ？」

与一郎が訊く。

「牢屋に入りたくて万引きをしたって、こういうんで」

「馬鹿じゃないか、そいつは初犯なのか？」

今度は小平次が言った。

かつて巾着切りをしていた小平次だ。寛七のいう万引き男が大いに気になったようだ。

「初犯です。あっしが、今日両国を見回っていた時です。あっしの顔を見てから急に、万引きしたんですから。見て下さい、といわんばかりに」

なんだそりゃあというように、清七たち三人は顔を見合わせた。「で、十手持ちをみりゃあ逃げるのが普通なのに、あっしが行くのを立って待ってる」

「いったい何を万引きしたんだ？」

また小平次が訊いた。

「団子です。五色団子をご存じでしょ。有名な五色団子、それを摑んであっしを待ってるんです。それで摑まえた訳ですが、たかが団子です。番屋には連れて行きやしたが、意見して家に帰そうとしたところ、帰りたくねえという」

「寛七さん、遊ばれてるんじゃないの」

与一郎はくすくす笑った。

「どうぞ、お茶を……」

おとよは寛七にお茶を運んで来たが、話を聞いていたらしく、

「五色団子って美味しいのよね。随分食べてないわ」

さも欲しそうに言って向こうに引き返した。

太った四十過ぎの女だが、おとよは食い物の話になると目を輝かせる。その時だけは少女に戻ったような表情をみせるのだ。

清七は苦笑して、おとよが向こうに行くのを待ってから、

「入牢願望とは、ずいぶんかわった男だな」

「ちょっと見は、真面目な男に見えるんです。ですが、何時までも番屋に居られたのでは皆迷惑だ」

「待て待て、その男と、紀の字屋と、なんの関係があって親分は足を運んできたんだね」

「清七さん、それがですね。殺されるっていうんです」

「殺される……」

「へい、見てはいけないものを見たって……一月半前に神田川でお武家が殺されたが、犯人を知ってるって」

「何……」

清七の顔が俄に険しくなった。

「名前は？」

清七は慌てて訊いた。

「富之助とかいう野郎です」

「富之助！」

与一郎が大きな声を上げた。

「船頭の富之助だな」

小平次も訊く。

「いや、まだ詳しいことは聞いてませんな。とにかく、牢に入れてくれ、なんだったら、人足寄場に送ってくれと泣きつく始末だ」

「分かった、行こう」

清七は立ち上がった。

「清さん、私も行くよ」

「あっしも……」

与一郎も小平次も立ち上がった。

五

「あんたが富之助さんかね」

小平次は番屋の板の間で神妙な顔で正座している男に言った。

「へい」

男は頷いて顔を上げた。

なにしろ寛七の他に三人も一緒に現れて、面食らっている様子である。

この三人は何者なのかと、その表情には不審と怯えが垣間見えた。

月代は伸び口ひげも伸び、着ている物も埃と垢で汚れている。

汚れた顔は一見する限り浮浪者だが、よく見ると人の良さそうな目をしていた。

鼻筋も通って顔立ちは悪くなかった。

ただ、近寄ると、ぷんと悪臭まで漂ってくる有様で、番屋に詰めている町役人も、早くここから出て行ってほしいといわんばかりの目で見ていた。

「この方たちは、あんたが別れたおみつさんに頼まれて、ずっとあんたを捜していたんだ」

寛七が諭すような口調で言った。

「おみつが……」

「そうだ、あんたの友達の留蔵さんが、あんたが急に長屋から消えたっておみつさんに言ったんだな。それでおみつさんは、あんたの事を心配して……」

富之助は、話が意外だったのか、驚いていた。だがその顔に、一瞬だが嬉しそうな表情を浮かべた。

女が出来て女房と別れたものの、その女に袖にされ、里心がついていたのかもしれなかった。

清七は、懐に入れて来たよみうりを出して富之助の前に置いた。

「……」

富之助は驚いた顔で、文字と挿絵を見詰めた。

文面は、坪井平次郎が殺された謎を書き連ねていたし、挿絵は、平次郎の顔を描いている。事件が起きた直後のよみうりだった。

「あんたの長屋で見付けたものだ。あんた、誰かに殺されるなどと言って怯えていたそうじゃないか。長屋から姿を消したのは、これが原因じゃないのかね」

清七の問いに、富之助はこっくりと頷いた。

「そうか……実はな俺たちは殺された坪井家とは少なからず縁があって、平次郎さまを殺した人間が誰なのか、調べていたところだ。富之助さん、あんた何かその事で知ってることがあるんだね」

畳みかけるように清七は質した。

富之助は大きく頷くと、

「この、殺されたお武家が、あっしが乗せたお客の屋根船に乗り込んできたんです。殺される数日前のことです」

――やはりそうか。

と清七は頷いて、

「話してくれぬか、これはお前さんを助ける手立てになるやもしれんのだ」

じっと見る。

富之助は清七を見たまま、二度ほど慌てて頷くと、

「一月半前の事でございやす」

と語り始めた。

柳橋の北方、平右衛門町の河岸に侍を乗せて停泊した時のことだ。

富之助は乗せてきた侍から、岸につけたら半刻ほど船から離れているように命

じられた。

「近くで体を温めてくるがいい」

侍はそう言ったのだ。

それで富之助は、いったんは飲み屋の暖簾をくぐろうとしたのだが、ふっと振り向くと、停泊している船に近づいて来る武士を見たのだ。

――待ち合わせか……。

と思って暖簾をくぐって店の中に入った。

二坪余りの小さな店で混んでいたが、人の数にすれば十人もいなかった。

「親父、酒をくれ。うんと熱くしてくれ」

川風で冷えた体をあたためようと思ったのだ。

船頭をしていて一番嬉しいのは、こういう時間だった。

逢い引きする客は特にいい。飲み代もたっぷりくれるし、体を休める時間もたっぷりあった。

今日の客は半刻ほどだと言ったが、それだって十分な休憩になる。

親父が持ってきた湯飲み酒を、まず一口飲んで、富之助は腰に手をやった。

――忘れてきた……。

腰にある筈の煙草入れがない。うっかり船に置いてきたようだ。しまったなと思いながら、しばらく飲んでいたが、一度飲みたいと思った煙草を諦めることが出来ない。

——しょうがねえや。風に吹かれながら一服やるか。

足音を忍ばせて船に戻った時だった。富之助はそこで顔を強《こわ》ばらせた。

「黒沢《くろさわ》どの！」

激しい声が船の中から聞こえたからだ。

声から察すると、あとからやってきた武士のようだった。

富之助は、船に置いてあった煙草入れを手に握ると船を飛び下りて、近くの葦の中に身を潜めた。

葦は秋に伸びきったまま枯れていて、心許なげに風に吹かれている。

「恐ろしい話を聞いたのは、その時です」

富之助は、そこで話をいったん切って、そういった。

秘してきた恐ろしい話を、これからするのだという緊張が見える。

「で、話の中味はどんな話だったんだ」

与一郎が先を急がせる。

「へい……」

富之助は、ごくりと生唾を飲み込むと、話を継いだ。

富之助の耳に次に入って来た声は、乗せて来た侍の声だった。

「今が大事な時だ。われわれの尻尾を摑まれては元も子もない。いや、お家の改易はおろか、命さえも危うい……」

そのあとの言葉は聞き取りにくかったが、まもなく、あとからやってきた武士の険しい声がした。

「ひとつだけ申しておきます。私との約束を反故にしたなら、きっと天誅が下りますよ」

「天誅……どういう意味だね」

答えたのはむろん、富之助が乗せてきた侍だ。

「蟷螂《とうろう》の斧を振ってみせる覚悟があるということです」

そう言ったのは、若い武士の声だった。

富之助は、その若い武士が船から下りて帰って行くのを見送った。

険しい顔で帰って行ったが、垣間見ている富之助もまた、目がつり上がっていたかもしれない。

盗み聞きしたという恐れと、話の中味のおどろおどろしさに、顔はひきつっていた。

富之助は、しばらく置いてから葦の中から出て、船に近づいて行ったのだ。

ふうっと富之助は話を終えるとため息をついた。そして清七を見て、

「ところがその若い武士が殺されたと知りまして」

富之助は、膝前にあるよみうりの記事に視線を投げた。

「そうか、そうしているうちに、あんたの長屋に、得体の知れない武士が現れ始めた……それで怖くなって身を隠していたというのか」

清七が訊いた。

「おっしゃる通りで……」

富之助は頷いた。全てを話して肩の荷がおりたというような表情を見せている。

「ところで、殺された武士は坪井平次郎さまと分かっているのだが、もう一人の男、黒沢なんという侍か知っているか」

清七が訊いた。

「いいえ、それは分かりませんが、濃い眉の……目も大きかったと覚えています。そうそう、船宿の女将が、ご用人さまと呼んでいました」

「ご用人か……」

呟く清七に、

「どこのご用人なんだ……」

与一郎が訊いたが、富之助は首を横に振って、船宿なら分かるかもしれないと言った。


「生きていたんですか」

松乃屋の女将は、大きく目を開けて問い返して来た。

「生きていたのはいいが、番屋で見た姿は、まるで浮浪者だったな」

与一郎と小平次は、腰掛けに座って言った。

「よかった……」

女将のおみつは、思わず指の甲で目を押さえた。

あのしゃきしゃきと遠慮のない物言いをしていたおみつが、泣いているのだった。

与一郎と小平次は、目のやり場に困って、顔を見合わせた。

「かんにん、あたしはてっきり、もうどこかで、おっちんでしまったんやろなと思ってたから……」

慌てて涙を拭いた。意外と優しいところがあるようだ。

与一郎と小平次は、富之助が何故姿を消していたのかかわるがわる話してやった。

おみつは神妙に頷いて聞いていた。聞き終わると、

「すると、お品とかいう女とは別れてたんやね」

やっぱり女のことは許せないらしい。

「らしいな。とっくの昔に出て行ったそうだからな」

おみつは頷くと、

「本当にありがとうございました。おおきにです。お二人には感謝感謝です」

「しかしそれにしても、団子を万引きして牢屋に入りたいとは、富之助のやること
とは子供の思いつきだな」

小平次があきれ顔で言うと、

「そういう人なんです、あの人。ちょっとぼんぼんに育ってますからね、意気地
がないんです。だからあんな女と……あの女と出会いさえしなければ、何も船頭
なんかしなくてもよかったんやから、事件に巻き込まれることもなかったのに

……ほんまにあほな男で……でも、そこが魅力といえば魅力で」

女将のおみつは、照れ隠しに、べらべらしゃべった。

「女将、一度会いに行ってやったらどうなんだ……着替えのひとつも持ってな、米沢町の番屋にいるんだから」

「いいんですよ、生きていてさえくれたら」

「心配じゃなかったのか」

与一郎がにやりと笑って訊く。

「もう安心、牢屋にいようがどこにいようが、生きてればええの。生きてりゃ、あたしも張り合いがあるというもんだ」

「強がりを言ってないで……これは女将と亭主のためというよりも、番屋の者が迷惑しているから言ってるんだ。なにしろ、悪臭を放っているからな、女将も会ったらびっくりするんじゃないか」

「そうかもしれませんが、やっぱり止めときます」

女将は言った。

「だってそんな事したら、あの人、また甘えて反省なしです。それじゃあ困るんです。うんと反省して貰って、自分から謝る。それしてもらわんと……」

「女将……」

与一郎はあきれ顔だ。

「そりゃ、恐ろしい思いして可哀想やと思いますよ。いくら裏切られた元亭主や言うても夫婦やったんですから。あの人のええとこも悪いとこも、みんな分かってるんやから。そやけど……」

と二の足を踏む様子だ。

「まっ、女将がそういうのなら、こっちは何もいう事はねえな」

行こうか、と小平次が与一郎を促すと、

「ちょ、ちょっと待って下さいよ。もう少し聞きたいことがあるんです」

「なんだね」

与一郎が訊いた。

「あの人、いつまで番屋にお世話になってんでしょうか」

「それは分からん。四、五日じゃないかな」

「すると、その後は小伝馬町……」

「さあな、なにしろ団子三串だ。女将が団子屋に代金を支払って謝れば済むことなんだ。小伝馬町に行く程の罪じゃない。本人はどうしても牢屋に入りたいらしいが、岡っ引はそんな事を言っていたな」

「あほな男やねえ、あの人……」

女将はしみじみと言い、

「もっと値打ちのあるものを万引きすればよかったんや。そしたら、小伝馬町に入れるものを……ほんまにとんまや」

なんとまあ、富之助といい、この女将といい……二人は呆れて顔を見合わせた。

六

清七が兄の市之進からの言づてを貰ったのは、日本橋北之図が出来上がったその日の事だった。

紀の字屋での夕食には小鯛がついていて、清七たちは藤兵衛を囲んで祝いの膳についた。

新しい切り絵図を明日から店に置く。提携している本屋や絵双紙屋にも配る。またこれまでに注文を受けていた商店や大名屋敷などにも配らなければならなかった。

それと同時に、次の調べが待っているから、これからしばらくは息つく間もなく忙しい。

できあがりは満足なものだったから、清七たち三人は興奮さめやらずで、紀の字屋の帰りに飲み屋に寄った。

そこでひとしきり、富之助とおみつの話になったのだが、夫婦の機微というものは、まだ三人とも分からない。

富之助とおみつの珍妙な夫婦ぶりを酒の肴《さかな》にし、清七が長屋に戻ったのは夜の四ツ過ぎだった。

——おや。

家の腰高障子に反射している灯りを見て、まさか灯を消し忘れていたのかと一瞬思ったが、そんな筈はないとすぐに思い直した。

ただ、一日燃えるほど灯をともす油があった訳ではない。不審に思って家の戸を開けると、

「清七郎さま……」

なんと彦蔵が、ぽつんと座っていたのである。

「待っていてくれたのか」

慌てて部屋に上がると、

「いえいえ、それはいいんです。どうしても今日中に言付けるようにと若殿さまから言われまして……」

彦蔵は、どうやらまだ明るいうちから清七を待っていたらしい。

――年寄りに無理なことをいうものだ。

清七は市之進に腹を立てながら、彦蔵を屋敷に帰した。

それが昨夜の話で、今日は終日走り回って仕事をこなし、夕刻を待って神田佐久間町にある小料理屋に向かった。

春も盛りで、薄暗くなった町の空気は、どことなく湿っていて優しさが感じられる。

家路に急ぐ人、これから飲みにでも出るのだろうか、賑やかに若い町人たちが前を行くのを眺めながら、

――いったい何の用事なんだ。

忙しいこの時期に呼びつけられたことに腹を立てていた。

なにしろ市之進が呼びつける時は、いつも待ったなしだ。

会いたい人に会いに行くのなら心も軽いが、相手が市之進では気が重い。

しかも父の半左衛門が、今命を賭けて幕命を果たそうとしている時に、あののんきな兄は、どんな話を持ちかけるのか見当もつかない。

足を急がせながらいつもの命令口調の横柄な市之進の顔を頭に浮かべて、彦蔵に言われた『花よし』という小料理屋に着いたのは、すっかり日も落ちた頃だった。

軒行灯《のきあんどん》が静かに暖簾の文字を映しだしていて、その先の庭の山桜の木にも灯りは流れていた。

まだ植えて数年の木か、さほど背は高くない。山桜特有の柔らかい葉が目に飛び込んで来た。

——ひょっとして織恵さまのことか。

ふと清七は思った。

「市之進さま、清七でございます」

仲居に案内された座敷の廊下に膝を折った清七は頭を下げた。

戸は開け放たれていて、市之進は一人で酒を飲んでいたらしく、膳の上の盃に手酌で酒を注ぎながら、じろりと清七を見た。

「そこでは話もできぬ。入れ」

相変わらず家士に接する命令口調の態度である。

「はい」

清七は腰を低くして座敷に進んだ。

市之進は、清七を睨みながら、ぐいと酒を飲み干した。そしてその盃を音を立てて膳の上に置いた。

「貴様、織恵に何を吹き込んだのだ」

もう額に青筋を立てている。

──やっぱりそうか……。

織恵さまの事だったのかと清七は思った。

「何の事でしょうか、おっしゃっている意味が分かりません」

「なんだと……お前たち、光輪寺で会っていたのじゃないか」

「いいえ、あれは偶然にお会いしたのです」

「ふん。お前の母親の墓があの寺にある事ぐらい、俺は知っているのだ。その墓に、何故織恵が参る」

「織恵さまのお心遣いだと思います」

「ふん、利いた風な口をきくもんだ。お前が何を吹き込んだか知らぬが、織恵の態度がおかしくなったのは、今思えばそのころからだ」

「市之進さま、何をおっしゃっているのかおわかりですか。私はともかく、織恵さまを貶《おとし》めるような事を申されて、恥ずかしくないのですか。織恵さまは、あなたさまの奥方ではございませんか。織恵さまが私の母の墓に参って下さったのは、長谷家の若奥さまとして、家士への深い心配りをなさってのこと、そうは思われないのですか」

流石に清七は腹が立った。だがそこはぐっと押さえた。腹に力を蓄えて言った。

「だったら、何故織恵は実家に帰ったのだ」

「……」

やはり家を出たのかと清七は思った。

長谷の家になじめず実家に心身を休めに帰った織恵が哀れだった。

「お前は何か聞いているのではないのか……」

覗くような卑屈な目を向ける。

「存じません。聞いておりません。織恵さまの気持ちが一番分かるのは、市之進さま、あなたではございませんか」

「ちっ……」

市之進は苦い顔をしてみせたが、その顔には落ち着かない不安なものが現れていた。

「織恵は子が出来ないことを苦にしていたからな」

「お子は、きっと授かります。まだ諦めるのは早いでしょう」

「では何だ……俺は織恵に遠慮して妾もおかなかったんだぞ」

「……」

まさか姑の多加が原因だとも言えない清七は黙って市之進を見詰めた。いずれにしても、市之進が織恵に優しい心配りをしていれば、織恵が実家に帰ることはなかっただろうと思われる。

「大切な人だと思われるのなら、しばらく見守って差し上げたらいかがですか」

「そんな暢気なことをしていたら、織恵は離縁を申し出てくるやもしれん」

「……」

「清七郎、ひとつ頼まれてくれぬか」

市之進は清七の沈黙をみて、いいにくそうに言った。今までの傲岸不遜な態度とはうってかわった相手に媚びる目をしている。

長年長谷家で暮らしたが、そんな顔を見るのは初めてだった。

「なんでしょうか」

「お前が織恵の実家に行ってきてくれ。織恵に会って気持ちを訊いてきてくれぬか」

「……………」

「何時帰ってくるのか、それも訊いてきてほしいのだ」

「市之進さま、自分でお迎えに行かれたらいかがですか」

「何、俺の頼みが聞けぬのか」

「申し訳ありません」

清七は頭を下げると立ち上がろうとした。だが、

「待て！」

甲高い奇矯な声で市之進が制した。

「逃げるのか、貴様。やっぱり織恵と何かあったのではないか。織恵はいつも、お前のことを褒めていたからな。前からお前に気があったんだ」

「市之進さま、根も葉もないことを言いつのって……見苦しいと思いませんか」

清七はさすがにあきれ果てて立ち上がった。

「何、貴様、俺に説教するのか……」

「失礼します。ご自分でお迎えに行く、それぐらいの覚悟がなければ、織恵さまはお帰りにはなりますまい。そうは思えませんか」

くるりと背を向けた清七に、

「待てと言っている」

市之進は立ち上がると、清七の腕を掴まえた。

清七は、振り返って言った。

「お父上さまが今、どのような難題にとりくんでおられるか、ご存じの筈……」

市之進の腕を力ずくで外すと、部屋を後にした。

「許さんぞ、お前は誰に向かって物を言っている！」

市之進の苛立った声が聞こえてきたが、清七はもう振り返ることはなかった。


「じゃあ、行くか」

南町の同心、金谷《かなや》幸三郎《こうざぶろう》は富之助を促した。

岡っ引の寛七が、両手を縛られている富之助に、更に腰に縄をつけるよう小者に命じた。

小伝馬町への移動は大概夕刻行われる。

腰縄を引っ張られて行く姿は、人の目を惹く。それもあっての夕刻の移動かと思われるが、富之助の場合、ほっと安堵の顔をして素直に応じるところは、他の重い罪を犯した者とは様子は随分と違っている。

「恩に着ます」

と富之助は番屋を出る時言った。

念願かなって小伝馬町行きが決まった、富之助の表情はそんなところだ。

富之助は月代も口ひげも剃り、髷を結い直し、着物も着替えていて、さっぱりした様子である。見違えたような男ぶりになっている。

月代や口ひげを剃り、髪を結い直したのは髪結い床屋だが、着替えはおみつが店で使っている女に持たせて寄越したものだ。

おみつは自分で届けることはしなかったが、元女房としての心配りは忘れなかったのだ。

着替えを持たせて来た時には、富之助の弁当と、町役人にも重箱を差し入れしている。

但しおみつは、富之助への厳しい伝言も忘れてはいなかった。

「女将さんは、こんな心配りをするのもこれっきりですよ、間違わないで下さい、そのように伝えてほしいと……」

　使いの女はそう言った。

　それでも富之助は、しごく嬉しそうな顔で、弁当や着物を受け取ったということだ。

「小伝馬町送りになって喜ぶ者がいるとはな」

　寛七も苦笑いだ。

　むろんこれには、勘定吟味役の佐治長門守の一声があったからだ。

　どう頭を捻っても、牢屋に入るほどの罪を犯したとは思えない富之助を、小伝馬町送りにしようというのだ。岡っ引や同心風情の力ではどうにもならない。町奉行所ぐるみでやってもいない罪を上乗せして小伝馬町送りとしたのだ。皆が頭を寄せ集めて苦肉の策を練ったのはいうまでもない。

　富之助の罪は、表面上は人の財布を抜き取った疑い、つまり、掏摸《すり》を働いたなどという軽い犯罪を団子を万引きした罪に上乗せして、ようやく小伝馬町に送れることになったのだった。

　通常、番屋に連れてこられた者は、その後大番屋に送られ、ここで与力の詮議を受け、確かに罪を犯しているという事になって初めて、小伝馬町の牢屋に送られるのである。

それらの手順をさまざま省いての富之助の牢屋送りは、やはりこの先、坪井平次郎殺しの真相を暴く時には、絶対に必要な生き証人になると勘定吟味役は考えたからに他ならない。

富之助一人の命を救うために、大変な苦労があったのである。

ところが、皆がそうして苦労をしたのを知ってか知らずか、当の富之助は、ただただ牢屋に入れると聞いて喜びを隠せないようだ。

「金谷さま、寛七親分、有り難いことです」

縄に繋がれている姿も気にせず、富之助は礼を述べた。

「喜ぶのはまだ早いぞ。お前は知らないだろうが、牢に暮らせるのは、通常は容疑の詮議が行われる間、つまり罪が確定して刑罰を言い渡されるまでの間だ」

同心の金谷が釘を刺す。

「えっ、すると、あっしはいつまでいられるのでしょうか」

富之助は表情を硬くした。

「たとえばの話だ。牢屋に長く留め置かれるのは、言い渡された刑が、過怠牢《かたいろう》か永牢《ながろう》、それに船を待つまでの間牢屋に待機を命じられた遠島か、それぐらいだ……」

過怠牢というのは、幼年者や婦人の犯罪で、例えば敲《たた》きなどの刑に処することの出来ない者への刑罰である。敲きひとつに一日の過怠牢、だから百敲きの刑が下されたら、百日牢屋に拘束されるということだ。

永牢は、これは滅多にないが、終身牢屋留め置きという刑で、これは男でも受ける。

「あっしは、永牢にしていただきたいです」

「馬鹿、お前のような者を永牢なんかにするものか。永牢なんてのは学のある人たちだ。近年では高野長英が受けた刑だぜ。おめえのような者が受けられる刑ではねえ」

寛七があきれ顔で言った。

富之助は少し不安になったようだ。

寛七は話を続けた。

「それとな、お前は牢屋牢屋と、はいりたくてしょうがないようだが、あそこは長生きできるところじゃねえぞ。新米は羽目板で叩かれるし、気に入らなければ分からぬように殺される。一人でも少なくなれば自分の座る場所が広くなるんだ。

飯は一汁一菜、春とはいえまだ寒い。そういう厳しい暮らしに耐えなければ生き抜けねえんだ」

「……」

「それに、お前さんの場合、お前さんを生かしちゃおけねえと思ったら、相手は牢屋に刺客を送ってくるぜ」

「冗談じゃありませんよ、そんな事なら、あたしは牢屋には行きたくありませせん」

ついに富之助は泣き言を言った。

「いまさら駄目だ。お前さんにはそのうちに、証言してもらわなくちゃあならねえ事があるようだからな。しっかり牢屋で生き抜いてもらわねえと……」

どうやら、だんだんと心細くなってきた富之助は、顔を強ばらせて歩き始めた。

「少し怖がらせすぎたようだな」

金谷は寛七と笑った。

七

ところが、金谷と寛七の冗談は冗談でなくなったのだ。

富之助を挟んで、小者が三人、金谷と寛七、それに豆助《まめすけ》というまだ若い寛七の手下という、総勢七人が浜町堀にかかる汐見橋に差し掛かった時である。

河岸地から三人の黒い頭巾を被った男が躍りでてきて行く手を遮ったのだ。

いずれの男も、着ている物は歴とした武士の形《なり》をしているから、どこかの家士か藩士のようだ。

「その者を置いていけ。町方に用は無い」

背の高い男が、低い声で言った。

「そんな事が聞けるものか、お前さんたちだな、この男の命を狙っているのは」

寛七は十手を手に、腕をまくり上げて歯を剥いた。

だが金谷の方は剣に覚えがないのか、顔を青くしている。

「岡っ引風情が生《なま》をいうんじゃない。言う通りにしないと怪我をするぞ」

武士三人は、それを合図に刀の柄《つか》をぐいと上げた。

「いずこの御家中の者か知らんが、ずいぶんと乱暴なことをいうものだな」

なんとそこに現れたのは清七だった。清七の後ろには、与一郎と小平次の姿も見える。

「清七さん、あぶねえよ」

寛七が叫ぶと同時に、

「何者！」

武士三人のうちの一人が叫んだ。その男の、柄に掛けた手が白い。

「何者とはご挨拶だな。名乗るのはそちらの方だ。いきなり出て来て牢屋に送る科人《とがにん》を置いて行けとは……」

ぐいと出て、富之助の前に立った。

「おい、清七さん」

寛七ははらはらして声を掛けるが、与一郎が小声で寛七に囁いた。

「案ずることはないぜ。清さんは腕が達者だ」

「何……」

きょとんとした寛七の耳元に、与一郎は囁いた。

「元はお侍だ。安心して見てるがいいぜ」

清七は、三人を睨み据えて言った。

「さて、何故に待ち伏せしてまでこの者の身柄を欲しがるのか、説明していただきたいものだな」

「言わせておけば……」

背の高い男が、ぎりぎりと歯ぎしりをする。

「名乗りもしない。訳も言わない。それじゃあ押し込みに入った盗賊と同じだな」

「町人だと思って聞いていれば……貴様、命が惜しくないと見えるな」

「ふっふっ、名乗れないのなら言ってやろうか。あんたたちは、坪井平次郎さまを殺した一味」

「斬れ！　斬れ！　斬れ！」

背の高い男が叫ぶと、一斉に三人は刀を抜いた。

「寛七親分、ここは俺に任せてくれ。富之助を早く」

「いいのか、清七さん」

と言ったもののやはりまだ清七が心配らしい。すぐに寛七はこう言った。

「じゃあこうしよう。あっしも残りやす。与一郎さん、あっしの代わりに、金谷の旦那と頼みましたぜ」

「承知した。清さんのやっとうを見られないのは残念だが、任せておけ」

与一郎が富之助に歩み寄ったその時だった。

武士の一人が清七に飛びかかって来た。一度も言葉を発せず睨んでいた小太りの男だ。

清七は体を右に振ってこれを躱《かわ》すと、空振りして清七の横を泳いだ男の足を自分の足で引っかけた。

男は均衡を失って前のめりになった。清七はその男の尻を蹴っ飛ばした。男は二間も先に倒れた。その時、

「清さん！」

与一郎が叫んだ。

小太りの男が再び清七に襲いかかるのと同時に、背の高い男が富之助に飛びかかって斬りつけたのだ。

ふいを突かれて、富之助を守ろうとした金谷の剣が遅れた。金谷は二度目の剣を受けて、刀を交えたまま睨み合っている。

「おい、しっかりしろ。聞こえるか」

与一郎が富之助を抱えて叫んでいる。

「戸板だ、戸板だ！」

寛七が叫びながら小平次と富之助に駆け寄った。

小者が慌てて近くの番屋に走って行く。

「おい、しっかりしろよ。すぐに医者に診せてやるから」

小平次が富之助に叫んだ時、

「うわっ！」

金谷が、背の高い男の剣を跳ね返した。

このとき清七は、もう一人の手の白い男の左腕をねじ上げていた。

「まだやるのか……容赦はせんぞ」

清七は、手の白い男から刀を奪い取った。そしてその刀を男の咽喉《のど》もとに突きつけると、二人の男ににじり寄った。二人は人質をとられて、じりじりと後退した。

「牢屋送りの囚人を襲って命を狙ったからには、お前たちの罪は免れまい」

清七はねじ上げていた男をくるりと自分の方に向けると、そのみぞおちを刀の柄でしたたかに打った。

「ううっ」

男は地面に倒れてもがいている。

「こいつは人殺しだ、寛七親分！」

清七が叫んだ。

「へい」

寛七が走り寄って男に縄を掛ける。

「さて、次はお前たちだな」

奪った刀の先を、睨んでいる二人にぴたりと当てた。

清七が大きく息をして足を開いたその時、二人は申しあわせたように、いきなり踵《きびす》を返すと、薄闇の中に走り込んだ。

「任せてくれ」

小平次が追って行った。

小平次が薄闇の中に消えるのを見届けて、

「立て！」

寛七が縄を引っ張ったその時、手の白い男は急に前に体を倒して黒い地面に伸びた。

「おい、おい！……しまった！」

寛七が叫ぶ。

清七は走り寄った。ぐったりした男の顔を手で摑んで上げて見たが、男は口から黒い血を流し、既に息絶えていた。

「……」

「清七さん……」

「いざという時には自害しろ、そう言われていたのだろう」

男を寝かして立ち上がると、小者二人が戸板を抱えて走って来た。

「よし、急いでな。馬喰町《ばくろちょう》の左門《さもん》先生のところだ」

命じたのは金谷だった。

「清さん、容体はどうなんだ」

与一郎がおみつを連れて、馬喰町の外科医岸井《きしい》左門の診療所にきたのは、翌日の昼過ぎだった。

富之助は医師左門の手当てを昨夜受けたが、肩から胸にかけて傷が深く、生死の境を彷徨《さまよ》っていた。

ただ、心の臓に刀は達していなかったため、縫合して様子を見ている状態だ。同心の金谷は夜遅くにあとを寛七に任せて帰って行ったが、清七は残って見守って来た。

その寛七も仮眠するために家に帰り、今は弁当を運んで来たおゆりと二人、富之助の枕元にいる。

隣の部屋では左門が患者を診ていて、大きな声で左門に病状を訴える患者の声が聞こえている。

与一郎をおみつの所に走らせたのは、万が一の事を考えたからだった。

「あんた……」

おそるおそる富之助の枕元に座ったおみつを見て、清七は言った。

「まだ眠ったままだが、脈は少ししっかりしてきた。但しここ数日は油断がならんと先生は言っている」

「しかし、運の悪い男だな、せっかく入牢がかなうところだったのに、このざまだ」

与一郎がため息をつく。

「あんた……助かるよね……きっと助かるよね、あんた」

おみつが語りかける。

そのおみつの目には、富之助の肩から胸にかけて巻いている包帯の白が、胸が潰れるほど痛々しく見える。

一年ぶりに見た元亭主の顔を、おみつはそっと撫でていたが、

「どうしてこんな事になったんや……あんたが悪いんやで、あんたが……」

おみつは、ぽろぽろと涙を流し始めた。

清七と与一郎は顔を見合わせる。

おゆりもびっくりしたようだが、もらい泣きして、そっと目頭を押さえた。

おみつはもはや、同じ部屋に他人がいる事など忘れたように、富之助に語りかけた。

「あんた、もう忘れるほど昔な、うちを、ええ女やて、抱いてくれた事があったやろ。あんたと別れてから、うち、ずっとあの時の事考えてたんや。あたしもあの頃は、こんなに太ってへんかったしな、あんたがあたしを抱きしめて――ほんまにお前は華奢な女やな、俺の腕が余るわ――て、あたしの背中で腕交差させて、ぎゅうって……そのあんたがあたしを裏切るなんて……見てみ、神さんはよう見てはったんやで。そいであんた、バチあたったたんや」

愛憎入り乱れた言葉を発して、またおみつは涙を拭った。

富之助の反応はなかった。

白い顔をして眠っているように見えるが、脈が打っているのか時々心配になるほど息は浅い。

おみつは、富之助の耳元に口を近づけた。

何をするのかと、一同よからぬ妄想をちらとしたが、おみつは富之助に呼びかけた。

「くやしかったら目え開けてみ……あたしにバチあたった言われて、このまま何も言いかえさんと死んだらあほやで！」

正直、命が助かるかどうかは、富之助自身にかかっている。富之助に生きようという強い気持ちがあれば助かるだろうと医者は言ったのだ。

富之助の反応がないのを見て、おみつはまた富之助の耳元に言った。

「あんたが死んだらな、あの店あたしが貰って、若い男ひきいれて暮らすわ……それでもあんた、ええんやな！」

なんとも激しい言葉を掛ける。

そしてじいっと、富之助を見詰めている。

おみつは、言葉とはうらはらに、心底富之助の身を案じ、本当はずっと愛情を持って暮らしてきたのだ。

「おみつさん……」

おゆりが声を掛けた。

「きっとよくなると、わたくしは思います」

間を置いてもう一度おゆりはおみつに声を掛けた。

「そうだといいんやけど……」

おみつは、ぽつりと言って、

「ほんまにこの人、意気地なしや」

富之助を叱りつけるように言った。

そこへそっと小平次が入ってきた。

「清さん……」

「確かめたのか」

小平次に訊いたのは与一郎だった。

夕べ小平次は、賊のあとを尾《つ》けている。

そしてさる屋敷に逃げこむのを見届けている。

「奴らが逃げ込んだ屋敷は、なんと、勘定奉行の谷田部《やたべ》の屋敷だったぜ」

「谷田部だと」

清七は驚いていた。

「勘定奉行谷田部貞勝《さだかつ》……」

驚きはしたが、それに近い大物が介在しているような気がしていた。これでこの事件の底深い広がりに合点がいった。しかし一方で、事件の究明そのものは難しくなったことも確かだ。蟷螂の斧をふるうと抵抗しながら、その斧をふるうことなく死んでいった坪井平次郎の無念を思った。

八

藤兵衛は長い手紙を読み終わると、庭の前栽に目を遣った。

手紙は長谷半左衛門からのものだった。

先ほど彦蔵が持ってきたのだが、その手紙の中味にはこう書いてあった。

倅清七郎を正式に次男として届けたい。嫡男はいるが、いざという時のために、憂いを残さないようにしておきたいためだ。

長谷家には清七郎がどうしても必要で、随分と手前勝手の話だが藤兵衛どのには承諾して頂きたい。

なぜならば、いま私が抱えている仕事は、命さえ危ういもので、事は隠密裏に進めなければならず、ここでその子細を明かす訳にはいかないが、何時自分がどのようになっても、長谷の家の安泰を考えておかねばならぬ。

せっかく紀の字屋で店を任され張り切っている倅の意を挫《くじ》き、期待してくれている藤兵衛どのの気持ちをも裏切るようで申し訳ないが、事情を察していただきたい。

ただ、すぐに屋敷に戻ってもらうなどという性急なことではない。

よろしく頼む。

長谷半左衛門の手紙の中味は、藤兵衛にとって、思いもよらないものだった。

清七に店を任せた矢先だ。これで、紀の字屋の夢は捨てねばならないということか……。

藤兵衛は庭に目を遣り、大きくため息をついた。

花の散った桜の木の根元に、蕾を見せたつつじが植わっている。まだ開花するには早く、この月を過ぎなければならないが、梅も桜も花を終えたこの時期には、あらたな開花を待つ貴重な庭木のひとつである。

藤兵衛は床の間に置いてある鈴をとって鳴らした。廊下を静かに急いで来る足音がして、おゆりが入って来た。

「お茶をくれないか」

藤兵衛は、手紙を巻き戻しながら言った。

「はい」

立ち上がったおゆりに、

「それで、どうなのだ。富之助とかいう男の容体は……」

「はい、命だけはとりとめたようですが、まだずっと眠っているような状態です」

「そうか……」

「おかみさんのおみつさんがつきっきりで看病しています」

「分かった。それと、清七はまだ帰ってないのかね」

「はい。下谷の方の調べに行っている筈です」

「与一郎たちも一緒だな」

「与一郎さんは彫師の長兵衛さんのところです」

「わかった。清七が帰ってきたら、ここに来るように伝えてくれないか」

藤兵衛は立ち上がろうとして膝を立てた。

慌てておゆりが、藤兵衛に腕を貸す。

顔を歪めて立ち上がった藤兵衛は、ゆっくり廊下に出て、そこに座った。

「駄目だな、人の手に頼るようでは……」

「きっとそのうちに良くなります」

「それならいいが、これでは皆の足手まといだ」

「旦那さま」

おゆりは、強い口調で藤兵衛の言葉を制した。

近頃時々弱音を吐く藤兵衛を見るたびに、おゆりは哀しくなるのである。

医者から玄米を食べるように言われているのだが、なかなか目に見えて良くなるところまではいかない。

むしろ病は進行しているのではないかと思うと、藤兵衛本人はむろんの事だが、おゆりも不安だった。

「何か心配なことでも……」

藤兵衛の硬い表情におゆりは気付いていた。

先刻長谷家から彦蔵が手紙を運んできたが、藤兵衛の顔色がいつもと違うのは、その手紙のせいではないかと思ったのだ。

「……」

藤兵衛は庭に目を遣り、口をつぐんだ。

おゆりは立ち上がった。訊ねてはいけない事だったのかもしれないと行きかけると、

「長谷さまは、清七を次男として届けるそうだ」

藤兵衛は言った。気持ちが萎えているように思えた。

「そうでしたか」

おゆりは衝撃を抑えて平静に言った。

もしも次男として正式に届ければ、清七はここを出て行くだろうか……寂しさがおゆりの胸をまたたく間に覆った。

「しばらくはここで切り絵図を作ってもさしつかえないと書いてあるが、そうもいくまい、とわしは思うのだ」

「……」

おゆりは黙って藤兵衛の顔を見詰めた。

藤兵衛は、おゆりに横顔を見せて言った。

「清七にはおまえさんと所帯を持たせて、この店を盛り上げてもらいたいと考えていたのだが……」

「……」

おゆりは俯《うつむ》いた。

急に清七が遠い人になって行くように思えたのだ。

そうでなくても、おゆりは光輪寺で織恵がみせた清七への愛情を、単なる義弟へのものではないと感じて衝撃を受けていた。

清七は気付いていないようだったが、女のおゆりには織恵の気持ちが分かったのだ。

どちらともなく黙ってしまったその時だった。

店の方で清七の声がした。

おゆりははっとなって立って行った。

「ただいま戻りました」

おゆりに聞いたらしく、清七はすぐに藤兵衛の前に顔を出した。

「何か御用でしたか」

「うむ……お父上から文を頂いた」

藤兵衛は、ちらと床の間を見遣った。

先ほど巻き戻した長谷半左衛門からの手紙が見えている。

「父が手紙を……」

「そうだ、お前さんを長谷家の次男として届けたいとおっしゃっている」

「………」

やはりそうかと、清七は言葉を失った。

家を出た者とはいえ父の身の安全を常に案じ、なんとか手助け出来ないものかと考える自分を否定できない。

それにここで、父の申し出を断れば、今度こそ、親子の縁が断ち切られるような気がしている。

だが一方で、緒についたばかりの切り絵図作成を止めることなど出来ない。そんな無責任なことは自分が許せない。そう考えて逡巡していたのだ。

「迷うことはない」

藤兵衛はきっぱりと言った。

先ほどおゆりに見せた顔とは違う、力強い父親のような顔だった。

「いいかね。お父上は、切り絵図作りは続けて良いと書いておられる。あくまでも一家の将来を案じての届けだと……」

「……」

「それでいいじゃないか。こちらの仕事も、やれるところまでやればいいのだ」

「親父さん」

「それでは私に済まないなどという考えは捨ててもらいたい。むしろ、お父上の仕事に、進んで手を貸してあげたらどうだ」

「……」

「もう一度いう。切り絵図はもう道が敷かれた。あとは時間を掛けて一枚一枚仕上げて行くことにつきる。おまえさんが少しの間いなくても、与一郎と小平次がいる。それで人手が足りなければ雇えばいいのだ。そなたの今やるべきことは、お父上を守ることではないかな」

「……」

「お父上を守ることは、お父上のためだけではない。国のためだ」

「………」

「文政八年に異国船打払令が発布されたが、以後、シーボルト事件、大坂の大塩平八郎の事件、モリソン号事件、蛮社の獄と幕府は幾度もの危機に遭っている。その間諸国は飢饉に何度も襲われ、国の財政を圧迫して、この国を預かる心の臓ともいえる勘定所は、その度に、まさに粉骨砕身、身を粉にしてお勤めしてきている。お父上もその一人だ。そのお父上がまた、この度重要なお役目を担ったものと思われるのだ。そなたは、そんな父上を持ったことを誇りに思わなくてはな」

清七は頷いていた。

こんな風に、国を憂うる言葉が藤兵衛の口から出たのは初めてだった。驚くと同時に、清七の胸にも強く訴えかけてくるものがあった。

「何かあってからでは後悔するぞ。いましばらくはお父上をお助けするのだ。これはわしの命令だ」

藤兵衛はじっと見詰めた。

「お心、有り難く存じます」

清七は、深く頭を下げていた。

廊下の端で、おゆりが盆の上に二人のお茶を載せたまま、じっと聞いていた。

清七が急遽長谷家の用心棒として加わったのは、それからまもなくの事だった。長谷半左衛門が外出するたびに、桑井尭之助と垣原治三郎と一緒に半左衛門を警護した。

一見した限りでは、半左衛門は通常の組頭としての職務に携わっているように見えたが、通常の勤めが終わると、配下の者を呼び寄せて何か指示を与えたり、自分で書類を調べたりと多忙だった。

昨夜は、坪井平次郎の上役であった沢井《さわい》甚五郎《じんごろう》と、密かにさる小料理屋で会っていた。

今日は増上寺本堂の修復工事を丹念に見て、工事を請け負っている大工の時蔵《ときぞう》にいろいろ話を聞いていた。

二人が何を話しているかは分からない。

清七たちは遠くから見守るだけである。

調べごとが終わると、半左衛門は境内で店を張っていた茶屋に足を運んだ。

半左衛門は気さくに団子とお茶を店の者に頼んだ。

「江戸を離れて地方に検視に行くことがあるのだが、そんな時には、こうして道中の茶屋に入って、その土地の名物の団子を頂くこともまた楽しいものでな」

半左衛門はにこにこして言った。

桑井や垣原は恐縮しきりで団子を手にしている。

勘定組頭といえば、どれほどの権力を持っているのか、吟味役の家来だけに、良く分かっているのだ。

勘定奉行は勘定所の最高権威を持つ者ではあるが、例えば千代田城の増築や改築、二の丸、三の丸などが火事で焼失したあとの再建の是非なども、決裁しているのは組頭なのだ。

むろん各大名たちとの関わりは深く、大名からの付け届けや賄賂はあとを絶たないと言われている。

しかし半左衛門の体からは、そんなぎらぎらしたものは、少しも感じられなかった。

だからこうして外を出歩く時には、どう見ても勘定組頭とは思えないような質素な形《なり》をするのである。

敵を欺くためかもしれないが、それればかりではないように、清七にも思えてくる。

そこを尊敬しているのだと、桑井は倅の清七にことあるごとにいうものだから、清七は返事に困る時があった。

「ゆっくり頂け、お代わりをしても良いぞ」

桑井と垣原を少し離れた椅子に腰掛けさせて、半左衛門は清七と並んで腰を掛けた。

慌てて清七が桑井たちの椅子に移動しようとすると、そこに座れと半左衛門は促した。

心の中では半左衛門を父親だと思ってみても、長い間長谷の屋敷では、主従の関係にあった清七だ。

身を硬くして半左衛門の隣に座ると、

「お前にひとつ、話しておきたいことがある」

半左衛門は、お茶を一口喫すると、広い境内に視線を流して言った。

「はい」

清七は答えた。

「お前は誤解をしていることがあるのでな。お前の母のためにも話しておこうと思ったのだ」

半左衛門は、意外なことを語り始めた。

「お前は、わしがお前の顔を見るために一度も足を運ばなかったと言ったな」

「……」

「そして、自分の生い立ちを知ったのは、八歳の時だったと……」

「……」

「彦蔵が多加の言づてを持ってお前の母を訪ねた時に知ったのだとな。多加はその時、長谷家とはいっさいの縁を切るように引導を渡したそうだが、それをお前は聞いて自分の出生の秘密を知り、わしを恨んできたのであろう」

「……」

「だが、少し違うぞ」

「どう違うのでしょうか」

清七は訊いた。清七も父の顔は見ずに境内を見ている。

境内には、両親に手をひかれて、歩いて来る幼子の姿があった。時々、両親は幼子の手ごと体をひっぱりあげて、幼子はぶらさがって楽しそうに笑っている。

身なりは町人だが、絵に描いたような家族の姿だった。

ちらと半左衛門を盗み見ると、半左衛門も、三人の様子を見ていた。

半左衛門は視線で三人を追いながら言った。

「お前が生まれてまもなくの事だ。わしは生まれたばかりのお前に会いに行ったことがあるのだ」

「………」

清七は驚いた。

「一人で行ったのだ。長屋にな。おしのはお前に乳を含ませていた……わしはお前を抱いた」

清七の心は、ぴくりと動いた。半左衛門は話を続けた。

「わしは、首も座ってない赤子を抱いたのは初めてだった。市之進の時には女中衆がつきっきりで抱かせてもらえなんだ……」

そんな半左衛門が、おっかなびっくり赤子を抱いて、

「いい子を産んでくれたな、おしの」

おしのにねぎらいの言葉を掛けると、おしのは、ぽろぽろ涙を流した。

「案ずることはない。わしはどのような手をつかっても、お前たちの暮らしは守る」

赤子を抱いたまま、半左衛門はおしのの手を握った。

だが、おしのは、

「いいえ、それはいけません。私はこの子と立派に生きてみせます」

なんとおしのは、きっぱりと言ったのだ。

「この子のためなんです。長谷の家にはいらない子だと疎《うと》んじられて生きるこの子が可哀想です。私も、長谷家とは関係のないところで、生きてゆきたいと存じます」

「おしの……」

「お願い致します。本当にこの子のためなんです。この子は、町人として生きていかなければなりません。中途半端に長谷家と繋がっていると知ったら、むしろそちらの方がこの子の心を苦しめるでしょう」

頑としておしのは言うことを聞かなかった。しかもこう言葉を足した。

「旦那さまも、もう二度と、ここにはおいでにならないようにお願いします」

おしのは本心とは違うことを言っていると、半左衛門は思ったが、それだけに切なかった。

半左衛門が哀しい眼で見詰めると、

「ただひとつ、お願いがございます」

おしのは潤んだ眼を向けた。

「言ってみなさい。どんな事でもすると言ったではないか」

やりきれない気持ちで半左衛門は言った。

するとおしのは、

「この子の名をつけていただきとうございます」

じっと見詰める。

「分かった。良く言ってくれた。心に決めた名があるのだ。清七郎と名づけたい」

半左衛門は重々しく言った。名をつけてくれと言ったおしのの心根が嬉しかった。これでこの子と繋がったと感じた。

「ありがとうございます。旦那さまからいただいた清七郎という名に恥じない子に育てます」

おしのは、きっぱりと言ったのだった。

二十五年も前のことだが、昨日のことのように覚えているのだと言い、半左衛門は冷えたお茶を飲み干した。

清七は言葉が無かった。

遠くに見える先ほどの親子の姿が、自分と母と父の姿のように思えてきた。

熱い物がこみ上げて胸を塞いだが、清七はそれを飲み込んで半左衛門に言った。

「少しも知りませんでした……」

九

半左衛門から昔の話を聞いた数日後のことだった。

先夜は御勘定吟味役の佐治の屋敷を半左衛門は訪ねたが、どうやらそこで、何か重大な話があったらしい。

屋敷に戻ると、清七を部屋に呼んで、半左衛門は言った。

「明後日に江戸を発って伊豆、それから飛騨に参ることになった。いよいよ正念場だ。この調べが何もかもを決することになろう。そこでだ、お前に頼んで置きたいことがあるのだ」

半左衛門は決意を秘めた顔で清七を見た。

「何でしょうか。許されることなら私もお供をさせて頂きたいのですが……」

「いや、考えた末に、そなたには残ってもらう事になった。桑井も垣原も連れて行く。心配はいらぬ」

　半左衛門はそう言ったのだ。

「他でもない、市之進のことだ」

「はい」

「織恵が実家に帰ってから、ますます荒れておる。とてもわしの代わりに長谷家を守って待っているなどということは出来ぬ。何をしでかすか、わしの留守にとんでもない不始末を犯しかねない。お前に頼みたいのは、市之進にかわって長谷家を守ってほしいのだ」

「しかしそれは」

「もう多加にも伝えてある。それと、織恵は実はわしの配慮で実家に帰したのだが、多加も市之進も恨み言をいうばかりで、織恵のことも案じられる」

「分かりました。私が一度お会いしてきます。私もずっと気になっておりました」

　清七は、織恵から実家に帰る意向は聞かされていたこと、また、のちに市之進が清七に織恵を迎えに行くよう命じたことなどを、半左衛門に明かした。

「己れの代りにお前に織恵を迎えに行けとは……なんという……」

半左衛門は苦虫を嚙みつぶす顔になったが、やがて、

「お前に頼みたいことはもう一つある……坪井平次郎殺害のことだ。富之助という男の傷ももう癒えよう。じっくりと話を聞き出して、調べてほしいのだ。佐治さまにも、そなたの事は伝えてある。いざとなれば、佐治さまに相談するように」

「承知致しました。しかし、ご予定の日数はいかほどですか」

「そうだな、二月はかかるだろうと考えている。紀の字屋の仕事もあるだろうが、頼んだぞ」

清七は、しっかりと頷いて言った。

「明後日は、せめて品川の宿までお見送りいたします」

「いや、敵に悟られぬように出立しなければならぬ。見送りは無用だ」

半左衛門はそういうと、笑みをみせて清七を見た。

見送りは不要だ、半左衛門にそう言われたが、実は清七は、長谷家の門前の大木に身を隠して半左衛門を見送ったのだ。

まるで下級武士の旅姿の格好で、半左衛門は長谷家の家士、小坂又之助、中間

の弁十郎、小者の弥助も加え、それに桑井と垣原を供にして、まだ明け始めたばかりの江戸を発って行ったのである。

清七はその足で、光輪寺の母の墓に参った。

墓にはまだ新しい花と線香が供えられていた。

——父が参ったのだ……。

と思った。

清七は墓前に跪きながら、父が差しのべた手を拒んで、けなげにも一人で自分を育ててくれた母の慈愛に改めて感謝し、父の旅の無事を共に祈ってほしいと語りかけた。

桶を片手に本堂に戻る道すがら、清七は山桜の葉が、すっかり大きく開いて風に揺れているのを見た。

清七の脳裏には、この山桜の木の下で、織恵が立っていた姿が映る。

清七は山桜の木を見上げた。

幾重にも枝を寄せ山桜の葉は心もとなく揺れていた。だが、かすかな陽の光が枝や葉の間に光るのを清七は見た。

文春文庫

切《き》り絵《え》図《ず》屋《や》清七《せいしち》
飛《と》び梅《うめ》

定価はカバーに
表示してあります

2013年2月10日　第1刷

著　者　藤原《ふじわら》緋《ひ》沙《さ》子《こ》

発行者　羽鳥好之
発行所　株式会社　文藝春秋

東京都千代田区紀尾井町 3-23　〒102-8008
TEL　03・3265・1211
文藝春秋ホームページ　http://www.bunshun.co.jp
落丁、乱丁本は、お手数ですが小社製作部宛お送り下さい。送料小社負担でお取替致します。

印刷・大日本印刷　製本・加藤製本
Printed in Japan
ISBN978-4-16-781003-0

（　）内は解説者。品切の節はご容赦下さい。

祐光 正
思い立ったが吉原
ものぐさ次郎酔狂日記
ひょんなことから恭次郎は御高祖頭巾の女と一夜を共にする。江戸で噂の、男漁りをする姫君らしいが、相手の男は多くが殺されていた。媚薬の出所を手づるに、事件を調べる恭次郎。
す-18-2

藤井邦夫
養生所見廻り同心　神代新吾事件覚
指切り
北町奉行所養生所見廻り同心・神代新吾。南蛮一品流捕縛術を修業する若く未熟だが熱い心を持つ同心だ。新吾が事件に挑む姿を描く書き下ろし時代小説「神代新吾事件覚」シリーズ第一弾！
ふ-30-1

藤井邦夫
養生所見廻り同心　神代新吾事件覚
花一匁
養生所に担ぎこまれた女と謎の浪人の悲しい過去とは？　白縫半兵衛、手妻の浅吉、小石川養生所医師小川良哲らの助けを借りながら、若き同心・神代新吾が江戸を走る！　シリーズ第二弾。
ふ-30-2

藤井邦夫
養生所見廻り同心　神代新吾事件覚
心残り
湯島で酒を飲んでいた新吾と浅吉は、男の断末魔の声を聞く。そこから立ち去ったのは労咳を煩いながら養生所に入ろうとしない浪人だった。息子と妻を愛する男の悲しき心残りとは？
ふ-30-3

藤井邦夫
養生所見廻り同心　神代新吾事件覚
淡路坂
孫に付き添われ養生所に通っていた老爺が若い侍に理不尽に斬り捨てられた。権力の笠の下に逃げ込んだ相手に、新吾は命を賭した闘いを挑む。その驚くべき方法とは？　シリーズ第四弾。
ふ-30-4

藤井邦夫
秋山久蔵御用控
傀儡師《くぐつし》
心形刀流の使い手、「剃刀」と称され、悪人たちを震え上がらせる、南町奉行所吟味方与力・秋山久蔵の活躍を描くシリーズ14弾が文春文庫から登場。何者にも媚びない男が江戸の悪を斬る!!
ふ-30-5

藤原緋沙子
切り絵図屋清七
ふたり静
絵双紙本屋の「紀の字屋」を主人から譲られた浪人・清七郎は、人助けのために江戸の絵地図を刊行しようと思い立つ。人情味あふれる時代小説書下ろし新シリーズ誕生！　（縄田一男）
ふ-31-1

文春文庫　書きおろし時代小説

（　）内は解説者。品切の節はご容赦下さい。

藤原緋沙子
切り絵図屋清七
紅染の雨

武家を離れ、町人として生きる決意をした清七。与一郎や小平次らと切り絵図制作を始めるが、紀の字屋を託してくれた藤兵衛からおゆりの行動を探るよう頼まれて……新シリーズ第二弾。

ふ-31-2

八木忠純
蜘蛛《くも》の巣店《すだな》
喬四郎　孤剣ノ望郷

悪政を敷く御国家老に父を謀殺された有馬喬四郎は、江戸の蜘蛛の巣店に身を潜めて復讐を誓う。ままならぬ日々を懸命に生きる喬四郎と、ひと癖ふた癖ある悪党どもが繰り広げる珍騒動。

や-47-1

八木忠純
おんなの仇討ち
喬四郎　孤剣ノ望郷

喬四郎の身辺は騒がしい。刺客と闘いながら、日銭稼ぎの用心棒稼業。思いを寄せるとよも、父の敵を探しているという。偽侍の西田金之助は助太刀を買ってでる腹づもりのようだが……。

や-47-2

八木忠純
関八州流れ旅
喬四郎　孤剣ノ望郷

虎の子の五十両を騙り取られた喬四郎は、逃げた小悪党を追って利根川筋をたどる。だが、無頼の徒が跳梁する関八州のこと、たちまち揉め事に巻き込まれ、逆に八州廻りに追われる身に。

や-47-3

八木忠純
修羅の世界
喬四郎　孤剣ノ望郷

宿願は仇討ち。先立つものは金。刺客と闘いながらも懐の具合が気にかかる喬四郎。今度の仕事は御門番へ届ける弁当の護衛。やさしい仕事と思いきや、高い給金にはやはり裏があった！

や-47-4

八木忠純
目に見えぬ敵
喬四郎　孤剣ノ望郷

喬四郎は二つの決断を迫られていた。一に、手習塾の代教という仕事を引き受けるべきか。二に、美貌の娘・咲と所帯を持つべきか。宿願を遂げるためには、いずれも否とせねばならぬが……。

や-47-5

八木忠純
謎の桃源郷
喬四郎　孤剣ノ望郷

かつておのれを襲った刺客の背後に、御三家水戸藩の後嗣問題と、世を揺るがす陰謀のあることを知った喬四郎。宿敵・東条兵庫を倒すために、もうこれ以上の遠回りはしたくないのだが。

や-47-6

文春文庫　歴史・時代小説

（　）内は解説者。品切の節はご容赦下さい。

岩井三四二《みよじ》
月《つき》ノ《の》浦《うら》惣庄《そうしょう》公事《くじ》置書《おきがき》
室町時代の末、近江の湖北地方。隣村との土地をめぐる争いに公事（裁判）で決着をつけるべく京に上った月ノ浦の村民たち。その争いの行方は……。第十回松本清張賞受賞作。（縄田一男）
い-61-1

岩井三四二
大明国へ、参りまする
腕は立つが少し頼りない男が、遣明船のリーダーに大抜擢。その裏では、日本の根幹を揺るがす陰謀が進行していた。室町の遣明船を史実に基づいて描く壮大な歴史小説。（細谷正充）
い-61-3

岩井三四二
踊る陰陽師
山科卿醒笑譚《やましなきょうせいしょうたん》
貧乏公家・山科言継《ときつぐ》卿とその家来大沢掃部助《かもんのすけ》は、庶民の様々な揉め事に首を突っ込むが、事態はさらにややこしいことに。室町後期の京の世相を描いたユーモア時代小説。（清原康正）
い-61-4

岩井三四二
一手千両
なにわ堂島米合戦
堂島で仲買として相場を張る吉之介は、花魁と心中に見せかけ殺された幼馴染のかたきを討つため、凄腕・十文字屋に乾坤一擲の勝負を仕掛ける。丁々発止の頭脳戦を描いた経済時代小説。
い-61-5

井川香四郎
男ッ晴れ
樽屋三四郎　言上帳
奉行所の目が届かない江戸庶民の人情と事情に目配りし、事件を未然に防ぐ闇の集団・百眼と、見かけは軽薄だが熱く人間を信じる若旦那・三四郎が活躍する書き下ろしシリーズ第1弾。
い-79-1

井川香四郎
福むすめ
樽屋三四郎　言上帳
貧乏にあえぐ親が双子の姉妹の姉だけ吉原に売った。長じて再会した時、姉は盗賊の情婦だった。「吉原はつぶすべきです！」庶民の幸せのため奉行に訴える三四郎。熱いシリーズ第5弾。
い-79-5

宇江佐真理
余寒の雪
女剣士として身を立てることを夢見る知佐は、江戸で何かを見つけることができるのか。武士から町人まで人情を細やかに描く七篇。中山義秀文学賞受賞の傑作時代小説集。（中村彰彦）
う-11-4

（　）内は解説者。品切の節はご容赦下さい。

宇江佐真理
桜花《さくら》を見た
隠し子の英助が父に願い出たこととは。刺青判官遠山景元と落し胤《だね》との生涯一度の出会いを描いた表題作ほか、蠣崎波響など実在の人物に材をとった時代小説集。（山本博文）
う-11-7

宇江佐真理
我、言挙げす
髪結い伊三次捕物余話
市中を騒がす奇矯な侍集団。不正を噂される隠密同心。某大名の姫君失踪事件……。番方若同心となった不破龍之進は、伊三次や朋輩とともに奔走する。人気シリーズ最新作。（島内景二）
う-11-14

宇江佐真理
河岸の夕映え 神田堀八つ下がり
御厩河岸、竈河岸、浜町河岸……。江戸情緒あふれる水端を舞台に、たゆたう人々の心を柔らかな筆致で描いた、著者十八番の人情噺。前作『おちゃっぴい』の後日談も交えて。（吉田伸子）
う-11-15

内館牧子
転がしお銀
公金横領の濡れ衣で切腹した兄の仇を探すため、東北の高代から江戸へ出て、町人になりすますお銀親子。住み着いた下町のオンボロ長屋に時ならぬ妖怪が現れ、上を下への大騒ぎ……。

う-16-2

植松三十里《みどり》
群青
日本海軍の礎を築いた男
幕末、昌平黌で秀才の名をほしいままにし、長崎海軍伝習所で、勝海舟や榎本武揚等とともに幕府海軍の創設に深く関わり、最後の海軍総裁となった矢田堀景蔵の軌跡を描く。（磯貝勝太郎）
う-26-1

海老沢泰久
青い空
幕末キリシタン類族伝（上下）
幕末期を生きたキリシタン類族の青年の、あまりにも数奇な運命。数多くの研究書・史料を駆使し、「日本はなぜ神のいない国になったのか」を問いかける傑作時代小説。（高山文彦）
え-4-12

海老沢泰久
無用庵隠居修行
出世に汲々とする武士たちに嫌気が差した直参旗本・日向半兵衛は「無用庵」で隠居暮らしを始めるが、彼の腕を見込んで、難事件が次々と持ち込まれる。涙と笑いありの痛快時代小説。

え-4-15

（　）内は解説者。品切の節はご容赦下さい。

逢坂 剛
道連れ彦輔
なりは素浪人だが、歴とした御家人の三男坊・鹿角彦輔。彦輔に道連れの仕事を見つけてくる藤八、蹴鞠上手のけちな金貸し・鞠婆など、個性豊かな面々が大活躍の傑作時代小説。（井家上隆幸）
お-13-13

逢坂 剛
伴《ば》天《て》連《れん》の呪い
道連れ彦輔2
彦輔が芝の寺に遊山に出かけたところ、隣の寺で額に十字の焼印を押された死体が発見される。そこは切支丹の伴天連が何十人も火炙りにされた場所だった！　好評シリーズ。（細谷正充）
お-13-14

乙川優三郎
生きる
亡き藩主への忠誠を示す「追腹」を禁じられ、白眼視されながら生き続ける初老の武士。懊悩の果てに得る人間の強さを格調高く描いた感動の直木賞受賞作など、全三篇を収録。（縄田一男）
お-27-2

乙川優三郎
闇の華たち
計らずも友の仇討ちを果たした侍の胸中を描く「花映る」ほか、封建の世を生きる男女の凛とした精神と、苛烈な運命の先に輝くあたたかな光を描く。名手が紡ぐ六つの物語。（関川夏央）
お-27-4

海音寺潮五郎
天と地と
（全三冊）
戦国史上最も戦巧者であり、いまなお語り継がれる武将・上杉謙信。遠国の越後でなければ天下を取ったといわれた男の半生と、宿敵・武田信玄との数度に亘る川中島の合戦を活写する。
か-2-43

海音寺潮五郎
覇者の条件
歴史文学の巨匠が、日本史上の名将十二人を俎上にのせ、雄渾なる筆致で、軍略、人事、経営の各方面から、覇者の条件を分析した史伝文学の傑作。他に平将門にまつわるエッセイも収録。
か-2-58

海音寺潮五郎
田原坂《たばるざか》
小説集・西南戦争
著者が最も得意とした〝薩摩もの〟の中から、日本最後の内乱となった西南戦争に材をとった作品と、新たに発見された未発表作品「戦袍日記」を含めて全十一篇を贈る。（磯貝勝太郎）
か-2-59

（　）内は解説者。品切の節はご容赦下さい。

加藤 廣
信長の棺（上下）
消えた信長の遺骸、秀吉の中国大返し、桶狭間山の秘策——。丹波を訪れた太田牛一は、阿弥陀寺、本能寺、丹波を結ぶ〝闇の真相〟を知る。傑作長篇歴史ミステリー。（縄田一男）
か-39-1

加藤 廣
秀吉の枷（全三冊）
「覇王（信長）を討つべし！」 竹中半兵衛が秀吉に授けた天下取りの秘策。異能集団〈山の民〉を伴い天下統一を成し遂げ、そして病に倒れるまでを描く加藤版「太閤記」。（雨宮由希夫）
か-39-3

加藤 廣
明智左馬助の恋（上下）
秀吉との出世争い、信長の横暴に耐える主君光秀を支える忠臣左馬助の胸にはある一途な決意があった。大ベストセラーとなった『信長の棺』『秀吉の枷』に続く本能寺三部作完結篇。
か-39-6

風野真知雄
耳袋秘帖
妖談うしろ猫
名奉行根岸肥前守のもとに、伝次郎が殺されたとの知らせが入る。下手人と目される男は「かのち」の書き置きを残して、失踪していた。江戸の怪を解き明かす新「耳袋秘帖」シリーズ第一巻。
か-46-1

風野真知雄
耳袋秘帖
王子狐火殺人事件
王子稲荷のそばで、狐面を着けた花嫁装束の娘が殺され、祝言前の別の娘が失踪した。南町奉行の根岸鎮衛は、手下の栗田と坂巻と共に調べにあたるが。「殺人事件」シリーズ第十一弾。
か-46-5

風野真知雄
耳袋秘帖
深川芸者殺人事件
根岸の恋人で深川一の売れっ子芸者力丸が、茶屋から忽然と姿を消し、後輩の芸者も殺されて深川の花街は戦々恐々。はたして力丸の身に何が起きたのか？ 「殺人事件」シリーズ第四弾。
か-46-10

梶 よう子
一朝の夢
朝顔栽培だけが生きがいで、荒っぽいことには無縁の同心・中根興三郎は、ある武家と知り合ったことから思いもよらぬ形で幕末の政情に巻き込まれる。松本清張賞受賞。（細谷正充）
か-54-1

（　）内は解説者。品切の節はご容赦下さい。

北方謙三
杖下《じょうか》に死す
剣豪・光武利之が、私塾を主宰する大塩平八郎の息子、格之助と出会ったとき、物語は動き始める。幕末前夜の商都・大坂を舞台に至高の剣と男の友情を描ききった歴史小説。（末國善己）
き-7-10

北方謙三
独り群《ぐん》せず
大塩の乱から二十余年。武士を辞めて、剣を揮う手に包丁をもちかえた利之だが、乱世の相は大坂にも顕われる。『杖下に死す』続篇となる歴史長篇。舟橋聖一文学賞受賞作。（秋山　駿）
き-7-11

北原亞以子
恋忘れ草
女浄瑠璃、手習いの師匠、料理屋の女将など江戸の町を彩るキャリアウーマンたちの心模様を描く直木賞受賞作。表題作の他、「恋風」「男の八分」「後姿」「恋知らず」など全六篇。（藤田昌司）
き-16-1

北原亞以子
埋もれ火
去っていった男、残された女。維新後も龍馬の妻として生きたお龍。三味線を抱いて高杉晋作の墓守を続けるうの。幕末の世を駆け抜けて行った志士を愛した女たちの胸に燻る恋心の行く末。
き-16-4

北原亞以子
妻恋坂
人妻、料理屋の女将、私娼、大店の旦那の囲われ者、居酒屋の女主人など、江戸の世を懸命に生きる女たちの哀しさ、痛ましさを艶やかに描いた著者会心の短篇全八作を収録。（竹内　誠）
き-16-5

北原亞以子
消えた人達
爽太捕物帖
「探さないで」と置き手紙を残し、忽然と消えてしまった幼馴染み弥惣吉の女房。中山道へ行方を追う爽太たちが出合ったものとは。若き爽太と江戸下町の哀歓を描く傑作長篇。（杉本章子）
き-16-6

北　重人
夏の椿
柏木屋が怪しい。田沼意次から松平定信へ替わる頃、甥の定次郎が殺された原因を探る周乃介の周囲で不穏な動きが――。確かな時代考証で江戸の長屋の人々を巧みに描く。（池上冬樹）
き-27-1

（　）内は解説者。品切の節はご容赦下さい。

北　重人
蒼火《あおび》
江戸で相次ぐ商人殺し。彼らは皆、死の直前にまもなく大きな商いが出来そうだと話していた。何かに取り憑かれたように人を殺《あや》め続ける下手人とは。大藪春彦賞受賞作。（縄田一男）
き-27-2

北　重人
月芝居
天保の御改革のために江戸屋敷を取り壊され、分家に居候中の留守居役。国許からは早く屋敷を探せと催促され、江戸中を駆け回るうちに失踪事件に巻き込まれるのだが……。（島内景二）
き-27-4

黒岩重吾
落日の王子　蘇我入鹿（上下）
政治的支配者・皇帝と、祭祀の支配者・大王の権威を併せもつ地位への野望に燃える蘇我入鹿が、大化の改新のクーデターに敗れ去るまでを克明に活写する著者会心の大作。（尾崎秀樹）
く-1-19

久世光彦
逃げ水半次無用帖
幻の母よ、何処？　過去を引きずり、色気と憂いに満ちた絵馬師・逃げ水半次が、岡っ引きの娘のお小夜と挑む難事件はどれも哀しく、美しい。江戸情緒あふれる傑作捕物帖！（皆川博子）
く-17-3

五味康祐
柳生武芸帳（上下）
散逸した三巻からなる「柳生武芸帳」の行方を巡り、柳生但馬守宗矩たちと、長年敵対関係にある陰流・山田浮月斎一派が繰り広げる死闘、激闘。これぞ剣豪小説の醍醐味！（秋山　駿）
こ-9-13

堺屋太一
豊臣秀長　ある補佐役の生涯（上下）
豊臣秀吉の弟秀長は常に脇役に徹したまれにみる有能な補佐役であった。激動の戦国時代にあって天下人にのし上がる秀吉を支えた男の生涯を描いた異色の歴史長篇。（小林陽太郎）
さ-1-14

佐藤雅美
官僚川路聖謨《かわじとしあきら》の生涯
幕末——時代はこの男を必要とした。御家人の養子という底辺から勘定奉行にまで昇りつめ、幕末外交史上に燦然とその名を残した男の厳しい自律と波瀾の人生を描いた渾身の歴史長篇。
さ-28-2

文春文庫　最新刊

吉原暗黒譚　誉田哲也
花魁殺しが頻発する吉原に貧乏同心が乗り出すが。著者初の時代小説！

自白　刑事・土門功太朗　乃南アサ
時は昭和後期、地道な捜査で犯罪者ににじり寄る刑事を描く新シリーズ

存在の美しい哀しみ　小池真理子
亡き母に知らされた異父兄の存在。彼のいるプラハで知った家族の真実とは

耳袋秘帖　妖談ひときり傘　風野真知雄
雨の中、傘が舞うと人が死ぬ。江戸の〝天変地異〟に根岸肥前が迫る！

切り絵図屋清七　飛び梅　藤原緋沙子
父が何者かに襲われ、大きな不正を知った清七は——人気シリーズ第3弾

秋山久蔵御用控　騙り者　藤井邦夫
油問屋のお内儀が、久蔵の名を騙った者に脅されて身投げした！　第九弾！

フライ・トラップ　JWAT・小松原雪野巡査部長の捜査日記　高嶋哲夫
地方都市、女子高生、そして脱法ドラッグ。若き女性警察官が活躍する

チベットのラッパ犬　椎名　誠
人工眼球の胚を求め寒村に潜入した「おれ」。世界戦争後が舞台のSFロードノベル

Iターン　福澤徹三
冴えない広告マンがヤクザの巣でもんどりうって辿り着く、戦う男の姿！

闇の奥　辻原　登
捜索隊は、ジャングルで妖しい世界に迷い込む。小人伝説を追う冒険ロマン

婚礼、葬礼、その他　津村記久子
結婚式参列中、通夜に呼び出されたヨシノの一日を描く芥川賞作家傑作中篇

風の果て〈新装版〉上下　藤沢周平
首席家老・又左衛門のもとに果たし状が届く。運命の非情を描く傑作長篇

秘密〈新装版〉　池波正太郎
家老の息子を斬殺し、身を隠し生きる片桐は、人の情けに触れ変わってゆく

女の河〈新装版〉上下　平岩弓枝
美しきヒロイン美也子が選んだのは、年の差三十の玉の輿！　圧巻のロマンス小説

おふくろの夜回り　三浦哲郎
故郷に思いを馳せ、亡き父母を追慕する——美しい名文。最後の随筆集

天皇と東大Ⅳ　大日本帝国の死と再生　立花　隆
戦後、解体を回避した天皇制と東大の功罪に見る日本人の歴史意識とは

地下旅！　酒井順子
鉄道好きとして名高い著者が選んだ、地下鉄でめぐる新東京名所ガイド

シモネッタの男と女　イタリア式恋愛力　田丸公美子
イタリアで、日本で出会った忘れられない男女を描くユーモアエッセイ集

理系クン　高世えり子
白衣、メガネ、ITおたくな男子に萌える文系女子によるコミックエッセイ

いざ志願！　おひとりさま自衛隊　岡田真理
酔った勢いで受けた「予備自衛官補」に合格！　女子による体当たり体験記

厭な物語　クリスティー他
クリスティーからロシアの鬼才まで、読後感最悪の古今の嫌な名作短編集